「おにーちゃーん、
いってらっしゃーい！」
（女の子連れてきたら
絶対許さないからねー！）

「……え？
う、うん？？
へ、変かな？？
目の前『▽《クエストマーク》』でいっぱいだけど――」
リズ

「――マ、マジでええええええ?!」
クラウス
メリム

CONTENTS

DAME SKILL [AUTO MODE] GA
KAKUSEI SHIMASHITA

イラスト：潮一葉　デザイン：モンマ蚕＋吉田有里（ムシカゴグラフィクス）

ダメスキル【自動《オート》機能《モード》】が覚醒しました 4

LA軍

Illust.
潮一葉

～あれ、ギルドのスカウトの皆さん、
俺を「**いらない**」って言ってませんでした？

プロローグ「この壊れた町の片隅で」

トンッ、テン、カンッ！

カーン、カーン、カンッ！

戦いの余波の残る辺境の町には、槌音《つちおと》が鳴り響いていた。そして、町の入り口からはひっきりなしに荷車が出入りし、資材や職人が運ばれていく様——。さらには、出稼ぎの労働者も多数顔を見せており、町の崩壊具合とは別に非常に活気に満ち満ちていた。

これは復興の息吹だ。

それはここ、被害の最も激しかった市街地でも同様だった。そう、最も被害の大きかった——。

「ぷひ～……ちかれたぁ」

ドサリと粗末な椅子に腰を下ろすのは、動きやすい服にねじり鉢巻きをしたメリムだ。彼女（？）は大胆にも、パタパタと胸元を開いて外気を取り入れる。

「あはッ。お疲れ様ー」

そういってメリムに湯冷ましの水を差し出すのは、同じく動きやすい服といつものように髪を後ろにリボンでまとめたリズだった。

慌てて胸元を隠しつつ、リズから水の入ったコップを受け取り、如才なく礼を言うと、グビリグビリと音を立てて喉を潤していく。

ほどよく冷えたそれは、メリムの身体《からだ》に染みわたったようで、

「っかー!!　うまい！　もぅいっぱい！」

オッサンみたいな声を出して全身で喜びを表すメリムに、リズも喜色を浮かべてさらに一杯。今度は少し塩が入っているお茶だった。

「はい、どーぞー」

「さんきゅー。ん～……んまい！　リズ、さいこー！」

今度は、ちびりちびりと味わうようにして飲むメリムは、同時に首から下げたタオルで顔を大雑把に拭う。

「ぷっはー！　このために生きてるぅ」

うむ、実にオッサン臭い――。

「って、さっきからうるせぇぞ！　クラウスぅ!!」

「……心を読むなよ」

口に出してたっけ？

「おめぇは顔に出過ぎなんだよ、ったく……」

そういいつつも、いそいそとタオルを腰のベルトに戻すあたり多少は気にしているらしい。

……だが、ねじり鉢巻きの時点であまり意味はないと思うぞ、メリムちゃんや。

「つーか、おい。休憩長いぞ、メリム。そんなんじゃ、バイト代やんねーぞ」

「あ?!　んっっだ、てめぇ！　このぉ!!　手伝ってやってるだけありがたく思えよ、この野郎！馬鹿野郎！」

てやんでぇ！

椅子を蹴飛ばすように立ち上がるメリム。そんだけ元気あるならもっと働けよ……。

「だー！　もー！　アー言えばこういう奴《やつ》だな！」

「だから、声に出してねーっつーの!!」

「顔に出てんの!!」

心を読むなよ!!　つーか、どんな顔だよ!!

「まぁまぁ、お兄ちゃん。手伝ってくれてるんだし、感謝しなきゃ――……バイト代は差っ引くけど」

「そーそー。お前の妹は話が――……って、んなぁぁぁ?!　ク、クラウスぅ！　お前の妹、手厳しくない?!」

「いや、普通だろ？　休憩時間以外は、給料から差っ引くのは当然じゃね？」

「は、はぁぁぁ?!　お前んチどんだけブラックなんだよ！　あ、もしかして今までの分、差っ引いてたのか?!」

「「うん！」」

いや、ブラックかどうかは知らんが、働かざるもの食うべからずだろ？

「『うん！』じゃねーよ!!　このぉぉお!!　うがー！　むがー!!　し、信じらんねぇぇ！　もーいい！　ギルドだ！　ギルドに訴えてやるッ」

「はっはっは、冗談だよ、冗～談。……お前、金ないもんなー」

「……え？　冗談じゃないよ？　お兄ちゃん??」

「「え⁇」」「え？」

シレっと、算盤《そろばん》を弾《はじ》くリズちゃん。

ちゃんとメリムのバイト代を計算してるあたり中々にしっかりしてるぅ！

「う、うわわわ！　めっちゃ引いてる！　引いてるぅぅ‼　ひ、引き過ぎでしょ！」

「おー……さすがリズ。計算しっかりしてるな――。つーか、お前はお前で、算盤読めるのな？」

クラウスさん、ちょっとびっくり。

だって、メリムってばどう見てもおバカの子――。

「うっせぇわ、バーカ‼　もーバイトしてやんねーからなー‼　今回の騒動が収まったら、ギルドが報酬くれるって言ってたもんねー」

「……はっはっは。残念だが、メリムよ。被害額を考えると微々たるもんだぞ？」

「げ⁈　マ、マジぃ⁈」

マジもマジ。大マジ。

……なにせ、辺境の町はゲインのせいでとんでもない害を被っていたのだ。不幸中の幸いなのは、ギルドとスカウトたちが早期に動いたおかげで、人的被害は最小限に食い止められたことだろうか。――とはいえ、建物の被害はそうはいかない。

インフラの破壊も顕著で、瓦礫《がれき》やなんやらで汚染された井戸や川はしばらく使えないそうだ。そして、薪《まき》等の燃料不足も深刻だった。

一見してボロボロで廃墟《はいきょ》のごとき町は、その辺には薪に使えそうな建材もあるがそれらは元の持ち主のものなわけで――。廃材だからって勝手に燃やすわけにもいかない。……現状としては、その全てを輸入に頼らなければならない状態だった。

なにせ、近隣の森から取るにしても薪だけでなく、建材やらも必要で、とても足りたものじゃないし、なにより、全てにおいてともかくとんでもない人手と資金が必要な状態なんだとか——。おかげさまで厄災の芽とかいう、巨大アークワイバーンを仕留めた報酬はのびのびになっている——と。まぁ、こんな状態で報酬くださ〜い。な〜んてことを言いだすなんて、とてもとても……。

「ふっ」

ま、世の中そんなものよね——。

そう達観して、遠〜くを見るクラウス。その先の景色は、まぁ絶景かな絶景かな。あちこちに開いたブレスの命中痕に、崩れた建物——ひゅ〜♪　まるで、ドラゴンが暴れたみたいじゃないか〜。あ、ドラゴン《アークワイバーン》が暴れたんだっけ？　——と、ちょっとばかり、あまりの惨状に現実逃避。我が家だって、これまた風通しのいいこといいこと。壁一枚を残してほとんど何もない状態だ。

……まぁ、幸いにも、アークワイバーンの素材がそのまま売れるので、ギルドとしては時間をかければ報酬の目途はつくらしい。即換金は無理にしてもドラゴン素材は引く手数多《あまた》だ。そして、クラウスたちに払う報酬もそこから出ると聞いている。しかも、世にも珍しいアークワイバーンの素材だ、きっと高く売れることだろう。

一応、メリムのほかに討伐に尽力した冒険者たちにも報酬は支払われるというが、実際に討伐に尽力したのは、ほとんど『特別な絆《スペシャルフォース》』のメンバーなわけで……。とはいえ、好き勝手にやらかした連中に、その報酬が支払われるか——というと、それはまずないだろう。

つまり、主な報酬はクラウスが受け取る。

貢献分としては、そのほとんどをメリムが受け取ることになる。だが、まぁ、それでも被害規模が規模だ。災害クラスの損害に対して、普通のモンスター討伐と同様に報酬が支払われるかどうかというのは判断が難しいところ。だからきっと、クラウスに支払われる金額だって、実際の手柄に対しては微々たるものだろう。

「はー。それが世の中のシステムというものだよなー」

あとはまぁ……代わりに名声として感謝状の一つでもくれるらしい。うん、嬉《うれ》しい嬉しい——。

……もっとも、メリムの場合はさらに状況は厳しい。なにせ、彼女の尽力は、客観的にはあまりにも微力であったと見られるだろう——。傍《はた》からはたいした働きに見えないからね……。

【直感《インスピレーション》】のスキルとはそういうものだ。

「というわけで、もろもろの事情で報酬は期待するなよ——」

「んなぁぁ?!　え、ええ——?!　そ、そうなのか？　てっきり大金貨５００枚くらい貰《もら》えるものと——」

大金貨５００枚て……。

「……お前は、経済をもうちょっとは勉強しような」

つーか、そんな大金、討伐貢献者全員に支払われるわけねーだろ!!　国が傾くわ!!

「それにな。……俺個人としては、お前にはかなり助けられたと思うけど、ギルドはそうは見てないらしいぞ？　……そこばかりは俺にもどうにもできん」

スカウトなんかの目もあったりで、今回の討伐はかなり客観的評価が下されているらしい。……もっとも、彼らが実際の討伐シーンを目撃した頃は戦闘の終盤に差し掛かっていたこともあり、クラウスの活躍がどこまで反映されているかは不明だ。

クラウスとしても、手放しで褒《ほ》め称《たた》えられるのもちょっと違う気がすると思っている。

実際には、メリムの【直　感《インスピレーション》】のおかげで反撃の目ができたのだし、『特別な絆《スペシャルフォース》』所属のシャーロットの【空間操作《スペーススポーク》】のスキルや、『暴風』のアベルの捨て身かつ地味な活躍も見逃せない。

そして、それを全て説明するにはメリムやクラウスの能力をギルドに教えなければならないだろう。……ぶっちゃけ、それは困る。

——とはいえ、教えたところでメリムに関しては、大して評価は変わらないだろうけどね。

「つーわけで、だ。しかたなく、こうして個人的に報酬を払うためにお前に家の再建を手伝ってもらってるんだよ——感謝しろ？」

「お、おう！　感謝——って、……単に人手が欲しいだけだろ!!」

あ、バレてる。

「「テヘペロー」」

「この兄妹《きょうだい》はぁぁぁあああ！」

ムッキー！

怒り狂うメリムを尻目に、復興作業中の町を見渡すクラウス。……実際、町ではどこもかしこも人手不足なのだ。

メリムの言うことは的を射ているが、認めないぞ……。特にリズがな!!　我が家の財布はリズにありッ！

……というわけで——。

「はいはい。ほらほら、手が止まってるよーメリムさん。――あ、そうだ。お兄ちゃん！　あの約束覚えてる？」

ぱんぱんと手を叩《たた》いてメリムに働けと、建材を押し付けながら、リズが徐《おもむろ》にクラウスに言う。

「…………へ？　や、約束？」

な、なんだっけ……？

唐突に笑いかけられたクラウスは、はたと硬直する。なにせ、約束と言われても、何気に色々し過ぎてて覚えてない……。

「え、え～っとぉ、あー……」

「お兄ちゃん？」

え、えへへ。……ぽりぽり。

「……あ。もしかして――」ジトぉ。

「に、にこっ」

リズのジト目に、とりあえず笑って誤魔化すクラウス。

「うん、笑っても全然誤魔化せてないけどね」

「さ、さーせん」

「さーせんん⁇　……やっぱり、お兄ちゃ～ん……。その様子からすると、忘・れ・た？」

ド、ドキィ！

「あぅあぅ、あー……」

ダラダラと冷や汗をかきながらしどろもどろになるクラウス。だって、こういう時のリズは容赦がないのだ。

「あうあー？　何よ、あうあうあーって⁇」

ついに胡乱気《うろんげ》な目になるリズに、

「い、いやいや、待て待て！　も、もちろん覚えてる！　覚えてるぞぉぉ‼」

え～っと、なんだっけ。……ほ、ほら、あれだ、あれ‼

「おお、思い出した⁈　そう、あれだよあれ！　うんうん！　やっぱりお兄ちゃんだね♡」

リズさん機嫌よく頷《うなず》いてます！　つまり正解は――。

「だろぉ‼　わかってるわかってる‼」

そう！

「……例の新品の調理道具買う約束だろ‼　任せとけぃッ」

ビシィ！　親指《サムズアップ》たてて、歯をキラリん！

確か、ミスリル製のお高い奴！　うんうん、冗談だったけど、買ってやってもいいだろう。

…………………って、あれ？

「リ、リズさん？　なんか目がー」

「ち・が・うー……」

「――ひょん⁈」

じとぉ、とした目線にクラウスの背筋が跳ねる。

え？　え？　ち、違うの？

「……なに？　お兄ちゃん、まさか……いま適当なこと言った⁇」

ドッキィィィ!!

「ち、違う違う！　なんていうか――そのぉ、あー、うー」

ぐ、ぐむむー……。

「お～い、クラウスぅ。素直に忘れたって言えよー」

う、うるせぇ、バーカ！　言えるか、バーカ！　正直に白状したら、リズの機嫌悪くなるだろ!!　バーカ！

バカメリム！

「もう悪いけどねー」

ひょん?!

「さ、さ、さ、さーせん!!」

――さーせんっしたぁ！　リズさんんんん!!　シュパァ！　と高速で土下座するクラウス。

「はぇーな、土下座ぁ……!!」

その土下座を見るや、軽く引いたメリムが「なっさけねぇーな」と、呆《あき》れ顔《がお》を浮かべるも、サラッと無視して、平謝りのクラウスさん！

……プライドぉぉお？　んなもん、犬にでも食わせとけぇい!!

「ふ～ん。いいけどねー。……いいんだけどねー。私との約束なんてそんなもんだろうしね～」ぷんぷん

さーせん、さーせん、さーせん!!

「ご、ごめんよマイシスタぁぁあー！　なんでも、なんでもゆーこと聞くからぁぁあ！」

ぴくり。

「ふ、ふ――ん、なんでも？」

「な、なんでもぉぉお!!」

ジト目のリズの腰にしがみ付き、オロロ～ンと泣き真似をするクラウス。

すりすり。あ、いい匂――。

「じゃー……まずは、約束の――って、きゃー！　ど、どこ触ってんのよ！」

バッチ―――ン！

「おっふ……。リズ、いいパンチだぜぇ」

う、うぅ～ん……いつもの平和な日常だぜぇ。

顔を真っ赤にしたリズにぶっ飛ばされるクラウス。だが、その顔は実に満足気であった!!

「ふんっだ！　まったく、お兄ちゃんは油断も隙もあったものじゃない」

「……いやいや、油断してたら、君ら兄妹はそういうことしちゃうのかよ??」

呆れ顔のメリムを尻目に、プンプンからニコニコのリズ。

――つ～か、しねぇよ、バーカ!!

「じゃあ、約束は約束だからね、お兄ちゃん！　…………あ、でも、それとは別に新しい調理道具も買ってね♪」

――あ、はい。リズさん、相変わらずしっかりしてます。とほほ……。

「…………なんなんだ、この兄妹は」

メリムさん、遠い目しちゃってます。

第1話「約束、だよ！」

「……で――なんで教会ぃ?!」

デデン!!

言われるままにリズに付き合うと、連れてこられた先は町の郊外にひっそりと建っている石造りの建物だった。

「もー……！　だから、約束したじゃん！」

いや、だから何をぉ?!

プリプリとご機嫌斜めのリズに説明してよとジェスチャーするクラウスさん。

「だから～。もーお兄ちゃんってば……」

呆《あき》れた様子のリズ。もっとも、口調のわりに顔はさほど深刻そうには見えない。なにより、箪笥《たんす》から引っ張り出したちょっと焦げているが、そこそこ高級品の他所《よそ》行きの可愛《かわい》い服に着替えたリズは、とってもご機嫌麗しい――。

「いや、だって――教会で約束なんてしてたっけ――――は……!!」

も、もしや、結婚?!　結婚なのか?!　だ、だだだだ、誰とぉぉお?!

「あ、あかんあかん!!」

あかんでぇぇええ!!

お前、まだ15歳だろ?!　お兄ちゃん、結婚なんて許し――――……。

「もー、ほらぁ！　ス・キ・ル・授・与・式!!　一緒に行ってって言ったのに……」

「な、なにぃ！　好きなやつと式?!」

うがぁぁぁああ！

あかんあかんあか————ん!!

「お兄ちゃん許しまへん——」

「落ち着けアホ。スキル授与式だ、授〜与〜式〜！」

ズビシッ！　とメリムにチョップを受けてようやく正気に返るクラウス——……って、

「……あ、あぁー!!　『スキル授与』な！　……あーあーあー！　それな！」

はいはいはいはいはい！　はーい!!

「うんうん、シッテタシッテター」

「嘘《うそ》つけクラウス」

やかましいわ、あほメリム！

いやはや、マジで。本気と書いてマジで忘れてた——……って、

「……それ？」

「ぉっふ」

また失言しちゃいましたか、ボク？

「じとーっ」

「さ、さーせん」

リズの胡乱《うろん》な視線にペコリと90度のお辞儀のクラウス。

つーか、

「……なんでお前まで来てるんだよ？」

お辞儀のまま、器用に首だけを回してギロリとメリムを睨《にら》む。

「いいじゃんよー」

「……よくねぇよ」

人んチの妹やで？　……お前関係ないべ⁇　お前の言う、いい要素が一個も思いつかんわ！

つーか、町がこんな酷《ひど》い有様でもあるのね、スキル授与式。

ちょっと意外に思って周囲を見回すクラウス。……ボロボロの教会は、町の郊外にあったおかげで被害中心地ほどではないが、アークワイバーンの流れ弾《ブレス》がこのあたりにも着弾したらしく、石造りの壁やら屋根の一部が崩れていた。

……まぁ、元々ボロボロだけど。

（こりゃ、ほとんど廃墟《はいきょ》じゃねーか）

すごく失礼な感想を抱いているクラウスであったが、よくよく見れば、このボロ教会に町中からちらほらと人が集まり始めていた。――そのほとんどがリズと同じくらいの年のころの少年少女たちと、その付き添いだ。

「ほらぁ、ご近所さん見てたらわかるでしょ――まったくもー、お兄ちゃんってばいっつもそう」

ぶつぶつ。

ぶー……と、ほっぺを膨らませてそっぽを向くリズを慌てて慰める――。

「だから、ごめんって――」

ちょん。

膨れたリズのほっぺを突くと、「プシュー」と空気が漏れる。

「むふ?! 何すんのよ！」

「ぶふっ!! ぷしゅー……だって、ぶふー！」

「お、おお、お兄ちゃー――ん!!」

――ポカポカポカッ！

さすがにこれにはリズちゃん激おこ。割とガチ目に殴られてクラウス大反省。

「悪い悪い……。あはは、可愛い可愛い」

殴られ殴れつつ、ナデリコナデリコ～♪

「えへへ」

はっはっは！

こんな時は必殺リズ騙《だま》しって、ちょろ――――い！

リズさん、マジちょろいっす。

「うぇぇへへー……って。も、もー！ そんなんで騙されないからね！」

とかいいつつ、顔を赤くして俯《うつむ》くリズ。うわぁぉ、相変わらずチョロ過ぎるぜ、マイシスター。

「……お前最低だな」

「うるせぇ」

むしろ、知らないおじさんに飴玉《あめだま》あげるとか言われたらホイホイついて行きそうでお兄ちゃんとっても心配ですもの?!

「……つーか、さっきも聞いたけど、むしろなんでお前まで来るんだよ」

なんでか知らんがついてきたメリムにはブスっと返すクラウス。

「そりゃ行くだろ⁉︎　──なんで、人んチの修理を一人で残ってやらなきゃならないんだよ‼︎」

「家族水入らずだぞ、空気読めよ」

「お前に言われたくないわーい！」

むきー‼︎

顔を真っ赤にして怒るメリムの頭を摑《つか》んで、ブンブン振り回す腕の射程外に。

はっはっは！　効かん効かーん！

「あ、あのー……教会前ではお静かに」

びくぅ‼︎

苦笑いをしながら、列の誘導をしていた若い修道士に軽く注意されるクラウス一行……。

「「「さ、さーせん……」」」

ペコォっと3つのつむじが並ぶぅ……あ、メリム左巻きなのね。プススー。

「なに笑ってんだよ！」

「別にぃ！」ぷすすー。

「お兄ちゃん‼︎　あと、メリムさんも……‼︎」

さ、さーせん……×2
「……あと、ボロい──とか失礼ですよ」

スタスタスタ……。

頭を下げたままのクラウス達を、ジロリとにらんで去っていく教会の人——。

「「「…………」」」

……って、えええええええ？

め、めめめ、めっちゃ聞かれてたぁ?!　もしかして、めっちゃ地獄耳……??

「……つーか、俺ってば声に出してた??」

「「顔」」

あ、さーせん。

思わず、ムニムニと顔を撫《な》でるクラウス。ボッチが長過ぎて、人前で表情を取り繕うのを忘れてしまったのかもしれない……。

そんなクラウスを、肘でチョンチョンとつつくメリム。

「お、おい、それよりクラウス——あれって……」

ん？

突如、メリムが耳元でヒソヒソ。その視線の先には、どこか見覚えのある連中——。

って、

「げッ！　スカウトの連中じゃん」

「うげぇ！　やっぱり……？」

メリムの女の子らしからぬ「うげぇ！」に突っ込むことなく、クラウスも露骨に顔を顰《しか》める。

だって、スカウト連中にはろくな思い出がない——ついでに言えば、先日、啖呵《たんか》を切ったばかり……。

向こうもクラウスに気付いたのか、ヒソヒソと話し始めた。さすがにこれまでの確執を水に流して——というわけにもいかないので、遠目に会釈をする程度だが、

「(見てくださいよ。あれ、例のクラウス・ノルドールですよ)」

「(おぉ、ほんとだ！　某《ぼう》クラウス氏じゃないですか。な、なら、隣の魔術師は——ユニークスキル【直感《インスピレーション》】の?)」

「(おそらくは……。聞けば、問題行動ばかりで、今はソロらしいですよ。しかし、クラウス何某《なにがし》氏と一緒にいるということは……)」

ヒソヒソ

　ヒソヒソ

……いや、声でけぇな、おい！

だいたい、某も何某も一個も名前隠せてねーよ！　つーか、隠す気ねーだろ!!

「(……ちょ、ちょっと待ってくださいよ。なら、隣のあの子は誰です?)」

「(む！　もしや、例の——)」

「(ええ、妹だとか……?)」

ヒソヒソ……。

あ、これはやばい奴《やつ》だ。あいつら、リズに目を付けてるな……。確かに、クラウスもメリムもユニークスキル持ちだ。血統は関係ないとも言われているが、そんなことは実際のところわからない。ってていうか、そもリズとは血縁関係ではないわけで——……。

ん?

二人もユニークスキル持ちが集まっていたら、その関係者も授与されると考えていてもおかしくはない……ない、のか⁇

「コホン。リズ――スキル授与に当たっていくつか注意しておくことがある？」

「へ？」

さりげなく、熱心な視線からリズを隠しつつ、三人で肩を組みつつクラウスは小さな声で話し始める。

これは本当に最重要事項。

なんたって――――。

かくかくしかじか

「え！　えええええー‼　あ、あれがスカウトさんなの⁈　そして、ユニークスキルや強力なスキル授与者を狙ってるのぉぉお！　しかも、青田買いをするつもりでぇぇええ⁈」

「し、しーしー！　声が大きい！　連中、目立たないふりしてるんだから、わざわざこっちから注目させなくていいって！」

リズちゃん、し――――――！　……って、全部言ってしまっとるやんけ～！

むぎゅっと、リズの顎を掴んで無理やり視線を外すも時すでに遅し。めっちゃスカウト連中に睨まれとるがな――。

「あーもー、まったく。とにかくだ、目立つなよ？　目立ったら群がるゴブリンみたく何されるかわからんぞ？」

「うぇ。ゴ、ゴブリン……」

ゴクリとリズが唾を飲み込むが、なんか驚くところが違う。

「ん。まぁ、ゴブリンというか、あー……あれだ、台所に出る黒き悪魔――」

「えぇ！　つまり、嫌な奴じゃん！　Gじゃん！」

うんうん、その通り。ゴブリンとゴッキー。台所の黒き悪魔も、まさに、G！　Gつながりであってるぞー。

「クラウスは、個人的な感情が溢《あふ》れてるぞー」

「うっせぇ、お前だって、この前の中級試験後に散々な目にあっただろうが」

うぐ……と、言葉を詰まらせるメリム。

メリムの場合は、ユニークスキル持ちだとバレたのは前回の中級試験の最中のことだ。あの時は、本人的にもあまり隠す気はなかったようで、試験後にはあっという間にスカウトに群がられて――……そして、すぐに見限られた。……それを思い出しているのか、苦い顔のメリムである。

「ま、まぁ、そういうわけで――スキル授与されても、何を授与されたとかは明らかにしない方がいい」

とはいえ、クラウスの時は、割と明《あ》け透《す》けに教会で発表されてたりしたので無駄かもしれないが……。

「う、うん！　わかったよ！」

リズは心得たとばかりに大きく頷《うなず》く。

……本当にわかってる？

「ん、まぁいい。で、だ。……コツというか、目立たないようにするにはだな。なるべく、最後に受ける方がいいと思う。……そのほうがスカウトの連中も別のスキル持ちの勧誘に必死になって気付かないかもしれないしな——」

「え？　そうなの？　……でも、今は個室で授与されるって聞くし、スキルだって、こっちから申告しなきゃわかんないんじゃないかなー」

リズが首をかしげる。

「——パードゥン《なんだって》⁇」

「えっと、昨年くらいから、関係者にしかわからないようにしてるみたいだよ？」

「な、なぬぅッ⁉」

クラウスびっくり。

「え、どゆこと？」

「え、知らないの？」

知らんわ。

「……多分、そのスカウト対策じゃないかなー。ほら、誰かさんが、スカウト合戦で酷い目にあったって噂《うわさ》になってたし」

………俺のせいかーい‼

びしぃ、と虚空に一人突っ込みのクラウス。別にクラウスが悪いわけではないが、確かに、スカウトのやり方は強引に過ぎるところがある。

なにせ、使えない判定のスキルの見切りの早さと言ったらもう――。結果……早期解雇などの、ギルドやパーティ追放の問題が社会現象になっているんだとか。

……実際、クラウスはそうなった。そして、そのせいでベテラン下級冒険者という不名誉な二つ名をもらっていたのだ。まぁ、スカウトだけが悪いわけじゃないけどね。ゲインみたいなのもいるしな――。

「……とすると、知りえるのは教会関係者だけかー」

ふむ。……ならば安全か？

教会関係者はあれでいて口が堅いし、なにより、下手に情報漏洩《ろうえい》なんてことになると破門もありうるんだから、当然だ。

どれどれ？

「あー……多分、あれじゃないか？」

「じゃ、スカウトはなんのためにいるんだ？」

メリムが指さす先を見ると、授与の終わったらしい少年少女に熱心に話しかけているスカウトたち。……どうやら連中、出口調査に切り替えているようだ。

純朴な少年たちは目をキラキラさせながら貰《もら》ったスキルについて話しているようだが――……あれってありなんかよ。

「うん……リズは、アレに絡まれないようにしような」

「ん？　うん……？」

あまりよくわかっていないそうなリズ。

そのことに一抹の不安をいだきながらもクラウス達はスキル授与の列に並ぶのだった。

第2話「スキル授与式」

――♪

～～♪

讃美歌《さんびか》が厳《おごそ》かに響く教会の内部。

町の中でも敬虔《けいけん》な親御さんのお子さんたちが、讃美歌の練習をさせられているらしい。

「ね、ねぇ、お兄ちゃん――私ドキドキしてきちゃった」

その歌声もさることながら、生み出される荘厳な空気に当てられたのか、さっきまでは平気そうにしていたリズも、順番が近づくにつれて緊張しだしている様子。可愛《かわい》い顔が緊張と興奮で紅潮している。……うん、マイシスターは本当に可愛い。

「ま、あんまし気負うなって。別にスキルなんて、あってもなくてもリズはリズだぞ」

「むぅ！　そうは言うけど、一生ものだし……」

クラウスの素っ気ない態度に、ちょっと気分の落ちているリズ。

どうやら、なにか欲しいスキルがあるらしいが、こればっかりは神のなせる業だ。ジタバタしたところでどうにもならない。それよりも、

……ポンッ。

「安心しろって……。どんなスキルでも、俺たちはずっと一緒だ。……だから、気を楽にな」

そういって、ナデリコナデリコ。

「あ、ありがと……えへへ。ず、ずっと一緒かー」

うへへへへ。クラウスに撫《な》でられるままに、変な顔で笑うリズ。「ずっと、一緒。ずっと一緒──」とか、ブツブツ言ってる。大丈夫か、マイシスター⁇

「そ、それって、そういう意味だよね？　キャ～」

どういう意味だよ⁇　兄妹《きょうだい》なんだから一緒だろ？

「……クラウス。オメェの鈍感っぷりもなかなか堂に入ってるよなー」

やれやれと肩をすくめるメリム。

……何言ってんだコイツ？

「では、次の方──」

「あ。リズ。順番きたぞ──」

奥の小部屋を隠していた分厚い緞帳《どんちょう》が、バサリと開く。防音もバッチリらしい。

「う、うん！　行ってくる！」

ギュッ！　と両腕に力こぶのポーズ。……いや、張り切ってもどうにかなるもんじゃないけどな。そう思いつつ、苦笑して見送るクラウスだった。

まぁ、願わくは、リズが欲しているスキルであらんことを──。


──その後、しばらくして……。

バサリ。

重い緞帳が開き、びみょ～《微妙》な顔をしたリズが現れる。

（あっちゃ～～……こりゃ、なんかハズレを引いたか？）

聞くまでもなく、どう見ても嬉《うれ》しそうに見えないリズの様子に、クラウスは努めて笑顔を浮かべた。気落ちしているリズに余計なプレッシャーをかけちゃまずいからな。ついでに、メリムにも笑顔を作らせる。うん、やや強引に――。

「な、なんだよクラウス？　急に――いひゃいいひゃい！　が――――！　なにすんだよ、クラウス!!」

「ええから、笑えや」

むぎぎぎぎぎ……！

鼻に指を突っ込まれ、頬を掴《つか》まれて笑えというのが正しいのかわからないがリズの笑顔のためだ。犠牲になれメリム――！

「なんで僕がぁぁぁ、あががががががが！」

「ぶふッッ！　お前スゲェ顔！　ぶはははは！」

メリムの変顔がドアップ！

「ほかすな、バカ野郎!!　あと、変顔はお前がしたんだろ!!」

クラウスが笑ってどうすんだ！　という至極まともなツッコミはさらりと無視して――ポイス!!

と、変顔を浮かべているメリムを放り出すとリズの手をとる。

「おかえりマイシスター！」「聞けよ!!」

キラ～ン♪　リズを落ち込ませないように金貨1万枚の笑顔を浮かべる。

……ついでに、メリムも再び笑わせる。っていうか、笑え!!　——我が妹のためにぃ！

「う、う～ん？　なにしてるの？」

「うぎぎぎー！　指ぃ——うぎー!!　コ、コイツなんとかしてくれよぉ！」

涙目のメリムがリズに訴えるも、クラウスさんの男前の笑顔は止められませんよ。なぜなら金貨1万枚の笑顔だからな！

……きらりんッ♪

「え？　なんなの？　突然、漫才⁇」

「むぎー！　違うー。はーなーせーよー！」

戸惑う顔のリズも可愛い。うん。

……ま。メリムの笑顔はせいぜい、銀貨3枚分ってところくらいしか作れなかったが、まぁ……これはこれでよし!!

「ぷはぁ!!　よ、よくねぇよ！　この野郎！　あと、誰が銀貨3枚だ、この野郎、クソ野郎、バカ野郎ぉ！」

「うむうむ、マイシスター。どうだ？　スキルは貰《もら》えたか？」

まぁ、何も貰えないってことはないんだけどね。

「無視すんなぁぁあああ！」

あーうるさいうるさい。それより今はリズだ、リズ。

「え？　う、うん……。貰えたけど……——う～ん」

びみょー……と言わんばかりに首を傾《かし》げる。

な、なんだろう。逆に気になってきた。……けど、いったん、その興味はおいといてー！

「おぉ！　よかったな、リズぅ!!　今夜はスキル授与記念に、ごちそうだ！」

パァン！　と、大きな柏手《かしわで》一つ。場の空気を和ませるように笑顔で提案。

「……え？　いや、ごちそうも何も作るの私だし——台所もめっちゃくちゃだよ？」

至極当たり前のリズの意見。

ふっ。だが、安心しろ——そんな時のための出前だー！

「大丈夫だ。王都から、転移ゲートで取り寄せ注文できるからな」

お高いから……２人前な。

「そこは３人前にしろよ！」

むっきー！

「……居候になんで飯くれてやらにゃならん」

「居候って言うなし!!」

いや、居候じゃねーかよ……。

——ったく。ぷんすか怒っているメリムのことはとりあえずおいておいて、今はリズが最優先。

「まぁ、リズ。そう、気落ちするな。欲しかったものが貰えなかったのか？　でも気にすることない。スキルってのはそもそもどんなものであっても無駄なことにはならないぞ」

なにせ、一口にスキルと言っても幅広く、生産系やら戦闘系やら——はたまた用途不明なユニークスキルもあるしな。

クラウスだって、別に欲しくて【自動機能《オートモード》】をもらったわけではない。今はもちろん気に入っているけども、ね。

「んー……。そうじゃなくて、なんか聞いたこともないスキルだって言われて、」

「そーか、残念だったな――だけど、どんなスキルでも…………WHAT'S?」

い、今、なんて?

……聞いたこともないスキルって、言った⁉

「ん～? 神官さんも首を傾げててね。聞いたことないスキルだなー、う～んって、唸《うな》っててさー」

何気ないリズの言葉に、…ドクンッ、とクラウスの心臓が大きく跳ねた。

「…………な、なんですと?」

それは、かつてのクラウスと同じ状況で、

同じような神官の言葉――。

『ふ～む……。【自動機能《オートモード》】とありますね? はて、聞いたこともないスキルですな――』

脳裏に蘇《よみがえ》るのは3年前の、あの言葉《セリフ》。

……だからこそ、リズの言わんとすることにいち早く気付いてしまったのだ。

――そう。ず～っとスキル授与に携わってきた神官が……だぞ⁉ そんな彼が知らないスキルなんてあるか?

(――そ、それって、つまり……)

「え、え〜っと、なんだっけ？」

頭に手を当て、スキルの名称を思い出しているリズをみて、引きつった顔を浮かべるクラウス。

「リ、リズさんや、」

「ん？　どうしたのお兄ちゃん?? あ、そうそう。スキル名は確か――」

ぎぎぎぎぎぎぎぎ……と、油の切れた人形のように首を巡らせて――、

「え〜っと、――クエス」

「スタァァァアアップ《STOP》!!」

――リズ、ウェイト!!

「ア――――ンド、」

――カモン、マイシスタァァァ!!

「へ？　どうしたのお兄ちゃん。奇声を上げて?? ――もがぁぁ?!」

パンッ!! お口チャ〜〜〜〜ック!!

「……あと、奇声とちゃうわぁ!!」

レッツ、連行ッ!!

「も、もがぁっぁあああああああああ?!」

っていうか、何を、シレっと、全国の皆さんの前でスキル公開しようとしてんの?! ……バカなの死ぬの?!

「――すぅぅ、」

…………それ、ユニークスキルですからぁぁぁあああああああああ!!!

ですからぁっぁぁあああ!!

らぁっぁああ！

ぁぁああ!!

「もがぁぁあ?!」

もがぁ！　じゃないよ!!　もー。言ったよね?!　お兄ちゃん、口酸っぱくして言ったよねぇぇぇえ！

「あーもう！」

とりあえず優しく、流れるようにそのまま――隅っこにＧＯッッ！

「ついてこい、マイシスタァア！　ついてこなくても、連れていくぅぅぅう!!」

……とりあえず、誰にも聞かれていないことを祈って、リズを流れるような動作で連れ去るクラウスなのであった――。

※　※

「ふぅ……ここまでくれば大丈夫か？」

リズの口を押さえて、教会の中でもちょっとした薄暗がりに強制連行したクラウス。……部屋の隅っこなら、そうそう人目は届かないはず。

「――もがぁあ?!　もがもがのもがー！」

もがくリズをズルズルと物陰に引きずり込み、とりあえず訝《いぶか》しむスカウト連中には愛想笑いしておく。

それでも近づきそうな連中には、牙をむいて――しっしっ!!

「いや、『しっしっ!!』ていうか……お前の絵面すっげぇやばいぞ?」

メリムの言葉通り、教会の隅っこで妹の口を押さえて、ハァハァしているクラウスさん。傍《はた》から見たら怪しいどころじゃないですよ――「そろそろ離さないと、本気で通報されるぞ?」とメリムも言うし……。

――うっせぇっぇええ!! 妹やっちゅうねん!! なんも、いかがわしいことせぇへんわーい!!

しかし、たまたま通りがかった若い神官がすっごい目でクラウスたちを見ている……うん、改めてみると確かにすっごい絵面。

「むぐーむーむぅぅー!!」

ええい暴れるなマイシスタァ!

顔を真っ赤にしたリズに、ものすごい形相と目線で抗議されるが、許せ!! 緊急事態だったのだ――!!

……だって、リズたん? 君ぃ、手ぇ離したらまた言うでしょ?! 言うよね? 言うけど、そろそろ離すよぉぉ……?

ぷはぁぁあ!!

「ゲーホゲホゲホ! おぇぇえ……!! こ、殺す気かぁぁあ!」

「お、落ち着けリズ。ほら、水――はないから、タオル」

「うん、ありがと――って、バカー‼」

お、おおお、お兄ちゃん⁉ ここ、こ、殺す気ぃぃいいい⁉ 義妹《いもうと》、殺す気ぃぃい⁉

「そ、そんな大げさな――」

「むっきー‼ 大げさじゃないわよ‼ い、い息できなくて、なんかきれいな川が見えちゃったんだからね！」

リズたん、顔を真っ赤にしてクラウス、ポカポカ‼

痛い痛いッ‼ あ、ホントは痛くないけど、やっぱり心が痛いー‼

「ご、ごめん、ごめん‼ だけど、スキルを明かしちゃなんねぇ！ とあれほど念を押しただろ⁇‼」

「言ってたけどぉぉ！ むぅぅ……」

オーケーオケー……どうどう。落ち着け、マイシスタァ。

むっちゃむくれてるリズたんの頭をナデリコナデリコ。……可愛い可愛い。

「おい、クラウス。だらしない顔すんなよ」

「してねぇ‼」

……いや、してるのか俺⁇ とりあえず、ムニムニと顔をマッサージするクラウス。

「むー。撫でればいいと思ってるでしょー」テレテレ
お、ちょっと機嫌なおった？ 相変わらず、チョロ……げふんげふん。

「そんなことはないけど――っていうか、リズ！」

…………なんで？ ＹＯＵは、なんでお兄ちゃんのいうこと聞いてくんないの？ 反抗期⁉ 反

抗期なのかい君ぃぃぃ‼

「ぶー。違うもん」

「違くねぇよ、ったく……。まぁ、これでようやく話せるぜ。……さっきも言ったけど、スキルについてはもうちょっと慎重にな？」

「え？　う、うん⁇　あれぇ？」

なんで怒られてるのぉって顔してるけど、そういうとこやぞ。

もっとも、リズはことの重大さがまだわかっていない。……明らかに大げさだなーって顔をしてるもんね。

……もう一回言う、そういうとこやぞ！

「はぁい……」

「……はぁ。おい、メリム」

パチンッ！　指をはじいてメリムに周辺警戒をさせる。

「ん？　おう。……右よし左よし、上も下も異状なーし！」

キョロキョロと物陰から周囲を窺《うかが》うメリムが、コクリとうなずく。

「オケオケ、これでちょっとは安全だな」

「むぅ～」

未《いま》だ理解できていないらしいリズであったが、クラウスもそしてメリムも意外と深刻な顔をしているので、徐々に顔が引き締まっていく。

「ごほん！」

「ご、ごくり。お、お兄ちゃん……えっと」

はぁ……。まったく困った義妹だ。

「いいかぁ――？」

事態を飲み込めないリズに少しずつ、そして、核心に触れるように話していくクラウス。もっとも、クラウスの知りうる限りのユニークスキルの情報をぼかしながら、だ。どこでだれが聞いているかわからないしね。

かくかくしかじか、
スキルとは、うんたらかんたら、
特にリズのスキルはきっとこうこうであれあれ、

「え、えええー！　そ、そんな凄いスキルなの？　これ――」

「おう。……凄いかどうかはさておき、まぁ、かなりレアなのは間違いない。あと、声おっきいから」

だって、教会関係者がわからないスキルっていえば。そう、一つしかない。

それこそ、スカウトどもが血眼になって探し求める逸材の卵――『ユニークスキル』にほかならないのだから。

「へ？　これが、ユニークス――」

パンッ!!

「もがっ?!」

「だーかーらー!!」

思わず、リズの口を押さえるクラウス。

「………って、あれ？」

俺ユニークスキルって言ったっけ??

　「…………はっ!?」

も、もしかして、また顔に出てたぁぁ?!

「いえす」「むーむー！」

コクコクと頷《うなず》くメリム＆リズ。

し、しまったー。口には出していないのに、リズに伝わってしまう熱いクラウスの顔!!　……この顔が悪いのかー!!

…………………っていうか、『ユニークスキル』ってわかる顔ってどんな顔だよ?!

「むぐーむーむぅぅー!!」

「ん？　どうしたリズ？」

リズの口を押さえてる手がよだれで、べっちゃべちゃ――。

「……そういう顔してたよ、って言ってるみたいだぞ？」

あ、そうなん？　…………って、メリムちゃんよ、よく今のわかったね?!

「……あと、手ぇ離せってさ」

「あ」

メリムのやつ超正確ぅぅ。

……でもね。リズたん、手ぇ離したらまた言うでしょ？

「いや、そうかもだけど。……そろそろ離したほうがいいんじゃないか？　お前の妹の顔――真っ赤というか、真っ青だぞ？」

「…………おぅ、じーざす!!」

ぷはぁあ!!

「だから、殺す気ぃぃいいい?!」

ぜぃぜぃぜぃ……！

「ち、違う違う!!　悪かったよ――。だ、だけど、もうちょっと慎重にな？」

ほんと、スキル情報は命とりなんだって――というクラウスの訴えが効いたのか、少し落ち着きを取り戻すリズ。

「で、だ。改めて聞くけど、リズのスキルって……」

「え？　う、うん。……今は言っていいの？」

さすがに今度こそ、キョロキョロ。

「……うむ、今ならオーケーだ。ただし、小さい声でな」

ひそひそ
「う、うん！　わかった！　えっと、これ――」

ブゥン……。

小さく空気が動いたところを見るに、ステータス画面を起動しているのだろう。

だが、あいにく、ステータス画面は基本自分以外は見られない仕様なのだ。

「…………うん、見えないから口で。あー……小声でな――」

「え？　そうなの?!」

そうなの！　っていう声が、もう大きいって!!

「うー……知らない世界だよぉ」

スキル授与ってのはそういうもんなんだから。まったく……。

ほんと、同行してよかったと改めて思うクラウスであった。

「だから今教えてるんだろ？　……あと、ステータスも教えてくれないか？」

「え？　うん。あ、そうだ。教会からこれ貰ったんだったっけ」

――ペラリ。

リズが差し出した教会の印章付きの粗い質の紙が一枚。これは、初回限定で、教会関係者がステータスを紙に書き起こしてくれるのだ。

もっとも、別に紙などなくても本人にはいつでも見れるのだが、これは近親者への配慮という奴《やつ》だろう。……と、それはさておき――さてさて、リズのスキルを改めて――。

※　※　※

レベル：1
名　前：リズ・ウォルドルフ

スキル：【依頼の道標《クエストマーカー》】Lv1
Lv1⇒近親者クエスト表示
Lv2⇒？？？？

●リズの能力値
体　力：　5
筋　力：　4（＋50％）
防御力：　5
魔　力：　26
敏《びん》　捷《しょう》：　9（＋50％）
抵抗力：　12
残ステータスポイント「0」
スロット1：料理Lv6
スロット2：忍び足Lv4
スロット3：なし
スロット4：なし

●称号「お兄ちゃんッ子」
⇒重度のブラコン。兄がそばにいる時の回復速度150％上昇
　ステータスのうち、敏捷、筋力が上昇

※　※　※

スキル【依頼の道標《クエストマーカー》】
能力：SPを使用することで、受注したクエストをマーキング表示する。
Lv1近親者クエスト表示は、近親者間に発生したクエストを表示する。

※　※　※

——ブフォォォォオ!!

思わず吹き出すクラウス。

「ぎゃぁっぁああ?!　きったねぇぇぇぇ!!」

じたばた!!

なぜか、全涎《よだれ》がメリムに命中したが、知らんっ。

「知らんとちゃうわーい！　今こっち向いてぶっかけただろがぁぁあ！　ぶわっ、くっさぁ！」

「ど、どうかな?」

ちょっと不安そうに上目遣いにクラウスを見上げるリズ。……さりげなくメリムの様子をスルーするのが、さすがはリズのクオリティだ。

「だ・か・ら・無視すんなぁぁあ！」

それはさておき——「さておくなよ！　こらぁぁあ!!」とか宣《のたま》うメリムはおいといて。

リズとしては、普段、他人のステータスに触れる機会なんてないので、いいのか悪いのか判断がつかないのだろう――って、

「……………ス、ステータス、高《たっか》ぁぁぁぁああああッ!!!」

「うわなに?! ビ、ビックリしたぁ!」

いや、ビックリしたのはこっちだよ! リズちゃ~ん?!

え? なにこれ? え? なにこれ? なんでこんなにスキルが高いのん?! ……え? なんで初期で料理スキルLv６?! そして、Lv４スキルも持ってるのぉぉおお?!

「な、なんかすげーな、お前んとこの妹」

「おーよ……!」

すげぇだろ? うちのリズはッ!

「なんで、お前がドヤ顔してるのかわからん」

メリムの適格すぎる評価にクラウスも頷くしかない。

クラウスが初めてスキルを授与された時なんてユニークスキル以外にろくなものがなかったぞ?

……ステータスだって平均以下だったしね!!

それに比べてリズのこれはなんだ?? スロットの数はちょっと少ないけど、凄まじいのは初期スキルの量とLv!!

――料理Lv６!! そして、忍び足Lv４……?!

「……え? これって高いの?」

「高いよ!! めっちゃ高いよ!!」

なんだよ、Lv６って！　確かにご飯は旨《うま》いけどなッ！

……だけど忍び足Lv４とかぁぁあ!!　それ上級者クラスだからな?!　――なんでそんなに初期から高いの？　いつ、どこで、何を忍んでるの?!

「え？　どこで?!」

常に、万事に?!　もしかして、夜とかぁぁ?!

……こ、こここ、怖ぁぁあッッッ!!

「この子、怖ぁぁぁあ～～～い!!」

思わず、枕元に無言で佇《たたず》むリズを想像してゾッとするクラウス。だって、ちょっと思い当たる節が――。

「んー??　な～んか、失礼なこと考えてますよね？　お兄ちゃ～ん??」

ニコォ。

「ひょぉ……！」

――ぞぞぉぉぉ……!!　と、思わず背筋が寒くなるクラウス。

「か、考えてない。考えてないよー。お兄ちゃんは、リズの将来のことしか考えてないよー」

うんうん。嘘《うそ》は言ってない――。

「ふ～ん？　ならいいけどぉぉ……」

胡乱《うろん》な目つきのリズさん。

「…………それより、これって、なんなの？」

リズの言うところの「これ」――【依頼の道標《クエストマーカー》】のこと。

ちなみに、『料理』や『忍び足』は、まぁ、言わずと知れた共通《コモン》スキルで内容は、見たそのまんま。Lvこそ高いが習熟すれば誰でも覚えることができるものだ。

一方、見ただけでわからないのが――……。

「あー……。それが『ユニークスキル』って奴だ」

何と言ったらいいものか悩んだがここは正直に伝えることにしたクラウス。

この世に二つとないのがユニークスキルの特徴で、クラウスにだって、明確に答えることができない代物だ。

「へ、へー……これが、ユニークスキルかぁぁ」

しげしげとステータス画面を見つめるリズ。

(――ありゃ？)

リズたん、意外にも嬉しそうじゃん。さっきの様子をみるに、これ以外の欲しいスキルがあったみたいだけど――……。

顔は平静を装っているけど、鼻がぴくぴくしてるし、かすかに口もニヨニヨしてる……。

「えへへ、お兄ちゃんと一緒だぁ」

……おっふ、そういうことね!!　わかりやすいぞ、マイシスタァァア！　――う～ん、可愛いこと言うなし。こいつぅ……！

「うへへ」「えへへ」

思わず照れ隠しに頭を掻《か》くクラウス兄妹《きょうだい》であったが、

「…………何だこの兄妹」

「うっせぇ」「うるさいなー」

メリムの突っ込みには、息ばっちりで返すのであった。

第3話「依頼の道標《クエストマーカー》」

※　※　※

スキル【依頼の道標《クエストマーカー》】
能力：SPを使用することで、受注したクエストをマーキング表示する。
Lv1近親者クエスト表示は、近親者間に発生したクエストを表示する。

※　※　※

「って、書かれてるね？」

「……書かれてるな」

教会からもらったステータス表を額を突き合わせて覗《のぞ》き込《こ》む3人。いまいち危機感が薄いのか、リズちゃんは首をかしげているが、クラウスとメリムは思わず顔を見合わせる。

「お、おい……クラウス。このユニー……――ごふぅ！」

うむ……黙れぃ、メリム！

口の軽いメリムの顔を鷲掴《わしづか》みにするクラウス。すぐにユニークスキルとかいう単語使うなし！

……どこでスカウトが聞いているか知れたものじゃない！

「だからって！　い、いでででで――!!　いだいって！　な、なんで鷲掴みにするんだよ!!　いでぇっぇぇな、もー!!　僕も妹さんみたいにパンッ！　って優しくしろよぉ！」

知るか！　っていうか、黙れぇ！　シャ――――ラップ。

リズに説明したの聞いてたばっかりだろうが！　お前がユニークスキルって明かしてどないすんねん!!

「えぇから、小声でしゃべれっつってんだろ?!　オメェの声はでけぇんだよ!!」

「わ、わかったわかったから顔を摑《つか》むな――――いだだだだ！」

　程よい握り心地のメリムの頭部を名残惜しげに離すクラウス。

「なんで名残惜しんだよ!!」

「いや、だって、いい感じにフィットするんだもんよ」

　ムキー！　「だもんよじゃねー！」と、唸《うな》るメリムをスル～リと無視して、今度こそ近くに人がいないことを確認して、もう一度リズに確認。

「んっんー。あー……ここからはもっと小声で話すが、リズ……。お前のスキル、『依頼の道標《クエストマーカー》』についてだが、」

「あ、うん」

　リズはどこか不安げだ。その視線の先には、もちろんステータス画面……。（当然、クラウスには見えていない）

　ひとまず、不安そうな顔のリズの頭をポンポンと叩《たた》いてやり、なるべく心配させないようにする。……とはいうものの、正直クラウスにも判断がつかない。なにせ、ユニークスキルは基本的に唯一無二なのだ、安心もへったくれもない。

ハッキリ言って、ユニークスキルの効果は、未知数なので、名前だけでは判断のしようもない。

中にはネタのような能力もあるだろうし、あるいはクラウスの【自動機能《オートモード》】やゲインの【時空操作《タイマー》】のような、ぶっ飛んだ性能のスキルもあるのだから――。

(……うん。とはいえ、リズにも先輩らしく何か言ってやりたいとこだが……。ぶっちゃけ、なんだろうなこれ？　――クエストをマーキングするユニークスキル⁇)

……皆目見当がつかん。

「そ、そっかー。じゃ、試しに使ってみる？　……えっと、SP使用ってこうかな？　あ、あれ⁇……特に何の変化もないよ？」

どうやら、試しに使ってみたらしいリズ。キョロキョロあたりを見回してきょとんとしていらっしゃる。……って、

「……ちょ、ちょぉぉぉぉぉおおおお⁈」

リズちゃ〰〰〰〰ん⁈　YOUは物怖《ものお》じしない子だねぇぇぇ⁈

ドン引きするクラウスとメリム。

「リ、リリ、リズさんや⁇　い、いきなりスキルを使うのはお勧めしないぞ？」

「そ、そうだぜぇ。っていうか、マジ躊躇《ちゅうちょ》しなかったよな――おったまげたー」

「え？　そうなの？」

ぷるぷる震えるクラウス達を不思議そうに見るリズ。いやいや……。

――そうなの？　じゃないよ、そうなのッ‼

クラウスさん、【自動機能《オートモード》】を初めて使った時、いきなり家に帰ったから実はすごくびっくりしたのよ?!　わかるぅ？　アンダースタン?!

「う、うん？　なんとなく?!」

なんとなくじゃだめー!!　もう、もうぅぅう!!

「危ないんだからな?!　ユ、ユニークスキルってのは一見してわかりにくいものもあるんだからな……。うん。慎重に使おうぜ、マイシスタァ」

「は、はーい」

ちょっとは反省したらしいリズ。まぁ、初めてのスキルではしゃぐ気持ちはわからなくもないけどね。

……ま、その辺はおいおい検証していくとして――。

「そもそもだな、リズ。……ＹＯＵはスペック高過ぎじゃあ～りませんか？」

「そう??　でも、スペックって……」

いやいや。高Lvの初期スキル所持＆『称号』付き。……ありえんわ。

「これってばだな……。初期にしては相当高いぞ？　つーか、高過ぎるくらいだ」

「うん。僕もそう思う」

……おー。メリムからもお墨付きを貰《もら》った。

「ふ、ふ～ん？　えへへ、そっかー私凄《すご》いんだぁ」

あーすごいすごい。マジですごい……。

「えへへ。……じゃー、この称号『お兄ち――」

——ピタリ。硬直するリズをみて……あ、いま気付いた？

ギギギギギ。


「あ、あのお兄ちゃん？」

「おう、いい称号貰ったな」

キランッ！　いつものごとく歯を光らせるクラウス……。

「……き、きゃ、きゃ——————?!　ななな、なにこれ、なにこれ？　なにこれ、称号？　称号が……お、『お兄ちゃんッ子』って⁇　そ、それってつまり、ぶ、ぶ、ぶ、ブラコン～?!　ち、ち、ちちち、違うよぉ！」

　違うからね!!

「いや、知ってる」「うん、知ってる」

リズ以外誰も驚かない定期。

「ちょッ——!!　ち、違う!!　違くて!!　やだも——!!」

バヒュンッ!!　と、すっさまじい速度で駆け出していくリズ。

　顔真っ赤っか……！

「は、はぇー」

「お、おー……行っちまったよ、マイシスタァ」

出口で待ち構えていたスカウトがリズを捕まえようと包囲していたが、ひょ～い、と軽く飛び越えて行っちゃった……。っていうか、やはり張ってやがったか。ユニークスキル持ちのクラウスたちが集まっているのだ。何かあると思ってスカウト連中も目を付けていたらしい。

だが、甘い甘い！　…………って、どんだけぇ!?

「……いや、行っちゃった、じゃねーよ!!　お、追えよ?!」

「え？　あ、そ、そうだな。……って、もう見えない?!　じゃなく、『追えよ?!』って、なんで僕が追いかけるんだよ！」

お前の仕事だろー！　と突っかかるメリムを「やかましいわッ」と黙らせつつ、慌てて後を追いかける、クラウス達。しかし、リズの姿は影も形もない。……マジはぇぇぇな?!

……の、のんびりしてる場合じゃないぞ！　——まずはリズを確保ぉぉおおお!!

「行くぞ、者ども!!」

「いや、僕しかいねぇよッ」

呆《あき》れ顔のメリムを引き連れ、一路リズを追うクラウス。

うーむ。なんか知らんが滅茶苦茶リズの琴線に触れたらしい。どうやら、欲しかったスキルだったのかな？　……ならば、よかったよかった！

「……いや、どうみても『ブラコン』のことだろう」

「——は？　いいじゃんブラコン。俺もシスコンだぞ」

「やっかましいわッ。アホ兄妹《きょうだい》!!　…………だから、なんでドヤ顔やねん！」

もっとも、クラウスのシスコン具合はステータスに称号化されるほどではないのだが……その辺の匙《さじ》加減《かげん》はちょっとわからない。

つーか、リズまじで、はぇーよ！

※　※

「おーい、リズぅ！」「リズやーぃ！」

道すがら、声をあげつつ家まで戻ってきたクラウスとメリム。

「あ、いた！」

どこに行ったのかと、リズを探していると、予想通りにお家《オウチ》に帰っておりましたとさ。

「うー、バレちゃったバレちゃったぁぁ!!　うわーん!!」

何か知らんが、シーツを頭からかぶって——キャイのキャイのと一人で騒がしい……。

つーか、家といってもアークワイバーンのおかげで壁しか残っていないので、見晴らしが実に良い。

……そして、それはそれはリズの奇行と合わせて、かなりシュールな光景だった。

「はぁはぁはぁ。リ、リズ、速い……速い！　速いって——……」

マジぱねぇよ！

「ひーひーひー……。ちょ、ちょぉぉ……ど、どうなってんだよ、お前の妹ぉ、めっちゃ足速くね??」

ぜいぜい息をついて追いついた中級冒険者二人。

「うー……だってぇ」

クラウスに気付いたリズがボロボロのシーツからチラリと視線をよこす。

いや、隠れられてないからね。そもそも、隠れる意味すらないからね——なぜなら、

「リズ、安心しろ……！」

ぽん

「ふぇ？」

真っ赤な顔で上目遣いのリズにさわやかな笑顔を返すクラウス。

「——俺もシスコンだからな」

きら～ん♪

「お兄ちゃん……♡」

リズの目がキラキラだ。ふふん、どうよこの気配り。

すかさず義妹《いもうと》をフォローするクラウスの名アニキっぷりよ。惚《ほ》れ直《なお》したかマイシスター。

「いや、キモいぞ」

「「うっせぇ、メリム！」」

黙れメリム、殺すぞ!!

メリム曰《いわ》く、リズが逃げたのはユニークスキルの方ではなく、『ブラコン』がばれたせいだという。

「——むしろそれがどうした!!」

「いや、どうかしろよ……」

げんなりしたメリムの顔など知らん。お前はエエから、薪《まき》でも切ってこい。

——お兄ちゃんッ子？　……いいじゃないかッ!!

──ブラコン?!　…………望むところだッッ!!

「なぜなら、」

くわッ!!

「──リズは超可愛《かわい》いからなぁぁぁあ!!」

どやぁ、すっごい笑顔で言うクラウス。

「お、お兄ちゃ〜ん……!」

シーツをガバチョと脱ぎ捨てたリズ。ヒシッとクラウスの腰に抱き着いて、キラキラと目を輝かせる──。

「はーっはっはっは!」

照れ照れのリズと、ドヤ顔のクラウス。

いやもう、なんていうか、

「…………何だ、この兄妹」

ジト目でドン引きのメリムの呟《つぶや》きを最後に。この茶番はなんとか終了することとなった……。

まぁ、メリムの視線だけは絶対零度に下がっていたとかなんとか──。

第4話「スキル検証」

「というわけで、だ。……リズ、もう一度——」

「う、うん。お兄ちゃん——……」

半壊したクラウス家のシーツで囲った狭い一室で向かいあう兄妹《きょうだい》二人……。

リズはさっきからモジモジしっぱなしだ。

「え、えっと……わ、私、今日が初めてで慣れてなくて……」

「大丈夫。さっき一回試しただろ？　できるさ。誰だって、初めてはあるものさ——ほら、俺が教えてやるから」

う、うん……！

緊張した面持ちのリズ。どこか紅潮した顔で、グッと目を閉じる。

「……リズ、別に目を閉じなくてもいいぞ——大丈夫。俺の言う通りにして」

「は、はい……！」

そう。気を楽にして……。

初めての経験にリズの顔がさらに紅潮し、息が少し上がる。どうすればいいのかわからずモジモジしているところにクラウスがニコリと笑いかける——。

大丈夫。誰でも通る道だよ——と。

……そのまま、ゆっくり——。

「ス

「ス

ゴンッ！　ゴンッ!!

「いだ！」「いったぁ?!」

「おーい！　何だこのやらしい雰囲気は!!」

あぁ?!　なにすんだよ、馬鹿メリム!?

「何すんだよ、じゃねーよ！　なんで二人してハァハァ言ってんだよ?!　きもちわりぃーなーもー。ただのユニークスキル検証するための『ステータス確認』だろ？」

腰に手を当てて仁王立ちしているメリム。

「う、うっせぇな――。誰かにバレたらどうすんだよ。こういうのはあんまし人に見られていいもんじゃねーんだよ！」

「ばーか！　どうせ、ステータスは本人にしかみえねーっつーの！」

……そりゃごもっとも。

「そ、そうなの？」

「さっき教会でクラウスが言っただろ?!　だいたい一回やったら覚えろよ、これくらい。……ったく、ほら。頭に念じてみろって。こう――」

ステータスオープン！

ぶぅん……。

メリムの周囲に空気が震える音。どうやらステータス画面が起動しているらしい。
「って感じだ。ほら、やってみろよ」
「おい！　俺が――」

「え～っと……ステータスオープ～ん！」

――リズさぁん?!

ブゥン……！

※　※　※

レベル：1
名　前：リズ・ウォルドルフ
スキル：【依頼の道標《クエストマーカー》】Lv1
Lv1⇒近親者クエスト表示
Lv2⇒？？？？
●　リズの能力値
体　力：　5

筋　力：　4（＋50％）
防御力：　5
魔　力：　26
敏《びん》捷《しょう》：　9（＋50％）
抵抗力：　12
残ステータスポイント「0」
スロット１：料理Lv６
スロット２：忍び足Lv４
スロット３：なし
スロット４：なし

●　称号「お兄ちゃんッ子」
⇓重度のブラコン。兄がそばにいる時の回復速度１５０％上昇
　ステータスのうち、敏捷、筋力が上昇

○　臨時称号「あざとい」
⇓隙あらば好意を寄せる者にくっ付こうとする者
　「隙だらけの異性」への好感度が上昇

※　※　※

「――で、出た。でたよ、お兄ちゃん！」書き書き教会でもらった紙に追加で書き込んでいくリズ。

「……うん」

そりゃ出るって……。

出るけど――リズさんや、明け透け過ぎじゃないか？　おいおい。

「えへへ、これが私のステ――……」

書き込み中――ピシリと、硬直するリズ。

「……こ、今度は臨時称号⁇」

「お、おう。たまに条件を満たすと出るぞ？　すぐ消えるけどな、色々付加がついてお得な時も、損する時もあるんだこれが――」

「ぎ……」

「「……ぎ？」」

――ぎぇぇぇええええええええええ⁉

リズの口から乙女の物とは思えない凄《すご》い悲鳴……悲鳴だよね今の？

「ち、ちちちちち、違う‼　違うからね！　お兄ちゃん‼　わ、わわわ、わざとじゃ――」

「ビ、ビックリしたー。お前の妹、すげー声出すなー」

「はっはっは。そうだろうそうだろう。リズは可愛《かわい》いんだこれが」

「いや……可愛いとかそーいう話じゃ……」

ええがな、ええがな。

可愛い妹にくっ付かれて悪い気のする兄などあろうか？　いいや、おらぬッ！　キリ!!

「あーだめだ、こりゃ」

「ち――――が――――う――――の――――!!」

メリムは呆《あき》れて首を振り。

リズは悲鳴を上げて、ボロッボロの家の中を駆け抜けていく。

「はっはっは！　ういやつよのぉー」

「…………もう、やだ。この兄妹」

ドヤ顔で虚空に叫ぶクラウスと、顔を真っ赤にしてクラウスの背中に顔を押し付けてポカポカしているリズ。

そして、呆れるメリムの定期。

で、小一時間後……。

「うー……もうお嫁にいけない――しくしく」

ようやくトリップから帰って来たリズを温かく迎え入れてやりながら、

「そんな大げさな――。大丈夫、嫁なんぞ行かんでも……ずっと家に居るがいいわ」

頭をポンポン。

――うん。

（……だいたい、リズを嫁にだと?!　――ふんっ、あり得んな!!）

そもそも、嫁にやる気はないからな――!!　と、虚空に向かってガッツポーズ！

「だから、キモイって……」

「うるせぇ、バカメリムが。つーか、声に出してねぇ！」

「だから、顔」

「ぐむ。そんな顔してたか？　…………っと、こほんっ。まぁ、これも経験だ——。……わかっただろう、リズ？　ステータスってのはあまり人に見せたり教えたりしていいものじゃないってこと」

「いや、見せろ言うたのお前だぞ？」

——うっせぇ！

メリムの茶化しに、ジト目で咳払《せきばら》いするクラウス。

「う、うん……」

そして、ようやくスキルの秘匿の重要性に気付いたらしいリズが神妙に頷《うなず》く。……うむ、いいことだ。

よーし、これ幸いに、最低限の冒険者の一般常識を教えておこう。……ま、リズを冒険者にするつもりはないので、たんなるスキルを使う上での心得といったところだけどね。さて、

「よ、よしッ。じゃあ、再開するぞ」

「え、もう?!」

いや、もうも、何も、中断する理由がないがな。

「ほれ……。ステータス画面が出たなら、そこにあるヘルプを押してみな……多分、右上にあるだろ？」

「ぶー。お兄ちゃんが冷たい——。へるぷ？　……これかな」

ヘルプ、ぽちー

※　※　※

スキル【依頼の道標《クエストマーカー》】

能　力：SPを使用することで、受注したクエストをマーキング表示する。

備　考：Lvによって受注クエストのアクティブ数が上昇

　　　また、Lv上昇によりギルド等の受注クエストの表示等級が上昇

Lv1近親者クエスト表示は、近親者間に発生したクエストを表示する。

Lv2？？？？？？

※　※　※

「って、書いてあるよ？」

「……おう」

唇に指をあてながら思案するリズ。その申告をメモに取りながら、羽ペンの先でクラウスも頭をコリコリ。

え〜っと、なになに？　受注したクエストをマーキング表示って――⁉

……………え⁉　クエストをマーキング？

「ちょ、ちょ、ちょ、ちょいまち――」

「ふぇ?」

おいおい。何だよ、このスキル……。

ぽけーっとしたリズを尻目に、顔を引きつらせるクラウス。

(受注したクエストをマーキング表示するって、どういうことだよ?? ……ま、まさか。ギ、ギルドのクエストと連動してんのこれぇ?!)

「ど、どうかな? い、いいスキルかな?」

不安そうな顔のリズ。

「う、う～ん」

だが、クラウスも所詮は中級冒険者だ。これだけで、いいかどうかと聞かれても、判断のしようがない。……しようがないが、やばそうな気配はビンビンしてる。

そもそも、クエストと連動してるスキルが存在するなんて、初めて知ったくらいだ――?

しかも、このユニークスキル……。どうも、そこらのユニークスキルよりも、さらに特殊なタイプっぽい。少なくとも、ゲインの【時空操作《タイマー》】やグレンの【原子変換《アトミックチェンジ》】のようなわかりやすい攻撃系ではないところをみるに――……系統的には、クラウスやメリムのそれに近いといえるかもしれない。

「お兄ちゃん……?」

「ん、んん～む……」

「ね、ねぇってば……」

「んーむむむ」

難しい顔で考え込むクラウスを不安げに見上げるリズ。

（……むぅ。なにより、ユニークスキルにハズレがあるとは思えない――）

実際、【自動機能《オートモード》】だって初期はハズレ感、丸出しだったが、その正体はぶっ壊れ性能《チート級》のスキルだったのだ。

なら、リズのこのスキルも、もしかして――。

「ねぇってば!!」

「うわっ！　びっくりした!!」

リズの顔のドアップにクラウスびっくり――……。

「って、さっきから呼んでるでしょ！」

「あ、あぁ、悪い悪い……」

「もー。で、ど、どうかな??」

プンプン顔から不安げなリズ。もちろんクラウスも――。

「……う、うーん。今のところなんとも……。未知数なスキルだとしか――」

「え、ええー未知数ぅ……?!　うー、じゃ役に立ちそうにないよね……」

「いや、どうだろうな……」

ショボンとしたリズ。だって、どうみても攻撃系とか補助系じゃないもんね。……言うならば『クエストマーク（?･）』が出るだけのスキルのようにしか見えないと捉えても仕方ないだろう。

だがッッッッ！

……一見して、役に立ちそうに見えないスキルだ。しかし、そうと決めるのはまだ早い。

そう。

　それだけのはずがない。

クラウスの勘——長年、ダメスキルと言われていたスキルを鍛え続けていたその勘が告げている。——このスキルは凄い、と。

「……よし、試してみようか」

「へ？　試す⁇　試すって……」

さっきダメって言わなかった？

リズはそう言わんばかりに、目をまんまるにしている。だから、クラウスはお得意の歯をキラリと輝かせる笑顔で言う。

「ふふ、そのための俺たちだろ？　まかせろ、リズ！」

「おう！　そうだぜ！　……だから、バイト代は——」

「それは別」

「んなあぁあ！」

なんかあざとい交渉をしようとしているメリムを一蹴するリズを微笑《ほほえ》ましく思いながらも、クラウスはさてどうしたものかと思案する。

「そうだな……。まずはステータスをよく確認してみるか。リズ、特にクエストに関することに何か特殊な表示が出てないか？」

おそらくだが、クラウスで言うところの『自動移動』の「行き先指定」のようなものがある……はず。

「え？　え、えっと……。受注クエストってのがあるよ？　……わっ、何個かあるね」

「お、ホントか！」

「う、うん！　え、え～っと――」

ふむふむ。……どれどれ？

リズの申告をまとめるクラウス。

※　※

《クエストを指定してください》
●近親者クエスト

※　※

「って、出てるよ？」

みたいだな。聞き取ったメモを手にしたクラウス。矯《た》めつ眇《すが》めつ眺めて考える。

「ふ～む……」

(――この説明を読むに、近親者クエストっていうのは、家族間で発生するクエストのことを指すらしいけど)

ふむむむ……。家族間のクエストとな……⁉

家族、家族……家族、のクエスト――？　家族からの……クエスト。

………あ。

『おにいちゃ～ん、玉ねぎとお芋切らしてるよー？　買ってきてくれない』

『あいよ～！』

クラウスが、ふと思い出したもの。そういえば昨日もリズに頼まれてたっけ――。

「そうだ。玉ねぎ買うの忘れて――……じゃなくて。それ、もしかすると、おつかいとかを指しているのかもしれないな」

「おつかい⁉」

『？』顔のリズ。

「い、いや。た、多分な……？　ほら、リズが俺に『お芋買ってきてー』って言ったら、それがクエストになるみたいな？」

「え？　何言ってんの？」

「あ……い、いや。その――」

真顔で聞き返されると、途端に自信がなくなるクラウス。実際、言ってて恥ずかしくなってきた。うぅ、なんだよ、おつかいがクエストって……。

やっぱ違うかな？

「おいおい、お前が萎縮してどーすんだよ。……ったく、ほら——リズ、まずはやってみようぜ」

呆れた顔のメリムに促されるクラウス。た、確かに一理あるな。やってみないことにはなんとも。

「……そ、そうだな。まずは試してみよう。す、すべてはそれからだ！」

「はーい！」「おー！」

若干、出たとこ勝負気味のクラウスに釣られてリズとメリムが気合を入れる。

いや、「おー！」じゃねーよ、お前が気合入れてもしゃーないやろがい。

「なんだよ？　クラウス？」

「……言わんでもわかるだろ？」

「……⁇」

わかってないメリムに額を押さえるクラウス。

（あーもう……。まぁ、もうコイツにはバレちゃってるからいいけどさー、くれぐれも口外するなよ……）

そう心で願いつつ、あとでしっかり口止めしておこうと決心した。

「さて、そうと決まればまずは、ステータス画面を隅々まで確認だ。リズ、ほかに表示は？」

「ほ、ほか？　……え、えっと～」

キョロキョロと目が泳ぐリズ。

しかし、これはおそらくステータス画面を見分《けんぶん》しているのだろう。よしよし。

「あ、なんか、選択肢みたいなのがあるよ？」

ほう！　選択できるとな！

よーし、まずは紙におこしてくれたまいよ！

「う、うん。こ、こんな感じかな？」

「どれどれ？」

さらさらと書き写されたステータス画面。そこに表示されているのは、近親者クエストの内訳らしい。

ほうほう、サブウィンドウが表示される仕組みか。

※　※

《クエストを指定してください》

●近親者クエスト　↑　ぴこん♪

○　家族を守れ（ＮＥＷ！）

○　家を修理しよう（ＮＥＷ！）

○　クエストを検証しよう（ＮＥＷ！）

※　※

「お、おぉー……」

まさに、おつかい級のクエストじゃねーか。

しかも、リズ専用っぽいな。『クエストを検証しよう』とかまさに今の状況だしな。

「へ、変かな?」

「いや、変っつーか――これだけじゃなんともな……」

う〜ん……。よしッ!

「リズ、とりあえず1個指定してみるか?」

「い、いいの?」

「おう」

不安なのはクラウスも同じだが、やってみるしかない。もしかすると、【自動機能《オートモード》】のように、選択するとなにか変化があるのかもしれないしな。

「じゃ、じゃぁ……これ、かな?」

遠慮がちにリズが選んだのは、『家族を守れ(NEW!)』というもの。この場合……家族というのは、おそらく、クラウスのことだと思う。……っていうか、違ったら泣くぞ?

緊張した面持ちで、リズがステータス画面に手を伸ばす。

「うー……だ、大丈夫かなー」

いやいや……緊張し過ぎやぞ、リズ。Lv1じゃ、そこまで変なことは起こらないはず。

(……はずだよね?)

【自動機能《オートモード》】Lv1の『自動帰還』でえらい目にあったのは遠い過去だ。……何があったのかは聞くな。

「じゃ、じゃあ選ぶよ……」

「お、おう！」

ドキドキ。リズがこわごわと指を伸ばしている。

そして、

「え、選ぶよ?!」

「おうよ！」「おう!!」

ドキドキ——

「選——」

「「はよ、せい!!」」

え、えーい!!

意を決してリズがスキルを選択！　目を瞑《つぶ》って思い切ってのポチッとな、だ！

その瞬間————……!!

………。

……。

そ、その瞬間——————……。

「って…………あ、あれれ？」

恐る恐る目を開くリズ。クラウスもメリムも、ゴクリと唾を飲み込む。いったい何が起こるというのか——……。

「と……」

「「と——?!」」

ゴ、ゴクリ。

「……と、特に何も――⁇」

ずるぅ!!

「「なんもないんか〜〜〜〜い！」」

クラウス&メリムの突っ込み炸裂《さくれつ》ぅ！　……って、なんもなくて幸いなんだけどね！

とはいえ、まだ油断はできない。もしかして、時間差でドカーンと来たりする系のスキルかもしれないので、しばらくドキドキしながら見守ることに――。

「「………………」」

待つこと5分。

しーん……と完全に無言の3人。うん……。なんだこれ？　なんの時間、これ？

そんな間抜けな時間が流れる中――しばらくは、なんとなく構えていたクラウス達であったが、本当に何も変化がないと知って「「ほっ……」」と二人して息をつく。

「な、なんだよクラウス。びびらせやがってよー」

「う、うるせーなー。警戒するにこしたことねーだろーが！　って、お前もビクビクしてただろうが！　……リ、リズは大丈夫か？　変なとこないか？」

緊張の反動で、ぎゃーぎゃーうるさいクラウスたちを尻目に、リズは、手をニギニギぱー。顔もさすさす。

そして、クラウスを振り返って、ニッコリ――。

「うん、異常なし――――…………って、わひゃぁぁぁああああああああああ!!」

「うぉわ！」「ひぇぁ?!」

超至近距離でリズの悲鳴を聞いて飛び上がると、思わず抱き合うクラウスとメリム。

「なになに何の声ぇぇぇ?!」

「だれだれ誰の声ぇぇぇ?!」

――び、びっくりしたー!!

「って、……リ、リズか、今の声?!」「び、びびったぁあ?!」

ばっくん、ばっくん。

心臓を押さえてクラウス達が深呼吸――まったく、いったいどこからそんな声が出るのよ?!

仰天したクラウスたちであったが、リズはそんなことには目もくれずプルプル震えて、クラウスを指さす――。

「わわわ……！　おおおお、お兄ちゃん？」

ん……？

「ど、どうしたリズ？　大丈夫か？」

「だ、だ、大丈夫じゃないよ!?　大丈夫じゃない!!　お、おおお、お兄ちゃんこそ、大丈夫?!」

へ?!　お、俺？

「俺は大丈夫だけど――」

ハッ！

ま、まさか、スキルの使い過ぎか?!　ＣＰや魔力が急激に減少して、体調不良の『状態異常』でも発生したのか!?

だとしたらまずい！　まだリズはLvも低くて危険――。

「ち、違うよ‼　そうじゃなくてぇ‼　違くてぇ！」

「いいから！　安静にしてろ‼　い、いい、今すぐポーションを――え～っとどこだっけ!?」

大慌てで道具袋を掻《か》きまわすクラウス。

あれでもない、これでもない――……‼

「あうあうあう！　こういう時にすぐ出てこないんだよな――もぉぉお‼」

アップアップするクラウスと、「違う違う！」と、ワタワタと手を振ってクラウスの頭の上をスカスカと撫《な》でるリズ。

ホント、似た者兄妹であるんだが――。

「お、おい。クラウスは落ち着けって――リズもどうしたんだ？　なんか見えるのか?!」

「う、うん‼　ほら、そこ‼　お兄ちゃんの頭ぁぁぁあ‼」

は？　……あ、頭？

「そうだよ、頭ぁぁぁあ‼　……お、おおお、お兄ちゃんの頭‼　頭が変‼」

が――――――ん！

「…………って――う、うぉぉぉおい?!」

言うに事欠いて、兄の頭が変ですとぉぉお?!

「あ、あああ、そ、そうじゃなくてぇ！　そうだけど、そうじゃなくてぇ！」

どっちだよ?!　…………え?　頭?　俺の頭って変だったの?!

「そうなのか?!　メリム?!」

「いや、知らねーよ」

思わず頭を押さえるクラウスに、ワタワタとフォローしようとしているリズ。

「違うの!　そうじゃなくて!　頭!!　頭が何か変なのー!!」

同じ――!!　言ってること同じぃぃいいい!!

そして、

「……ぶ、ぶはははははははははは!　そうだ!　その通り、コイツの頭は変――」

ゲラゲラと笑い転げているメリム――。

――ゴンッ!!

「いっだぁぁ?!　なんでぇ?!」

「アホぉ!　むしろ、『なんでぇ?!』が、なんでか、なんでわからんねん!!」

むしろ、「なんでぇ!?」が、なんで出んねん!!

馬鹿メリムがッ!　人様の頭を指さして笑うなぁぁあ!　バ――――カ!!

「いや、だって!　お前も、お前の妹も言ってんじゃん!!」

リズはいいの!!

「なんでぇ?!　不公平じゃん!」

当たり前だろうが!　なんでリズとお前が公平やねん!

「社会ってのは不公平なもんなんだよ!!」

「なんだと、ばーか！　お前がバーカ!!」

「バカって言ったやつがバ――――カ!!」

馬鹿メリム《馬鹿クラウス》め！

「ち、違うの！　そっちの頭じゃなくて!!　なんか、頭!!　頭が変になってるぅぅう!!　クルクル回ってるぅぅう!!」

ずるぅぅ!!

「リズ、だから、それ言ってること同じぃぃい。情報増えてないどころか、むしろけなしているよー！　そして、お兄ちゃん、泣くよ?!」

そっちの頭――って、どっちも頭やろがい!!　しかもクルクル回ってるってなんやねん?!

頭くるくるってか?!

「ぶははは――ぶぎぃ！」

ゴンッ!!

だから、笑うなメリム!!

「いってぇなぁ！　ゴンゴン、ゴンゴン、叩《たた》くなよー」

もー。と涙目のメリムを無視してリズに話を聞くクラウス。

っていうかね。……いきなり、お兄ちゃんの頭が変とか言われたら傷ついちゃうよ――マイシスタぁ！

「あうあうあう！　そ、そうじゃなくてぇ！　お兄ちゃんの頭の上に変なのが浮かんでるのぉ！」

「……変なの？」

「うん、えーっと、ほら、こ～ゆ～の！」

描き描き。

「うん？　▽マーク⁇」

「そ、そうだよ？　これと同じのがお兄ちゃんの頭の上に――……」


　頭の上に▽マークぅぅう？


「……………なんだそりゃ？　ほかの選んでも同じか？」

「へ？　う、ううん。『家を修理しよう』を選ぶと……あれ？　消えた、けど――代わりにここ、に、▽マークが浮かんでるよ？」

「ここ？　ここって――……」

ここ《家の中心》か？

「うん。……あ、ちょうど家のど真ん中だね」

「…………む！」

むむむ。『家族を守れ』で、クラウスの頭上に▽マーク。

そして、『家を修理しよう』で家のど真ん中に▽マーク。……ふむ。ふむふむふむふむふむ！

「……こ、これは、もしかすると――」


ピコ～ン♪

クラウスが思い当たるものが一つ。

「なんだよ、クラウス？　見当ついたのか？」

「まぁな」

「ほ、ほんとに？　わ、私のスキル、ど、どうやって使うの⁉」

メリムとリズが食い気味に詰めよるが、まぁまぁ、待て待て待て。

「……うむ。おそらくだが――もしかすると、リズのスキル。俺が思う通りなら――超ぶっ壊れ性能《チート級》スキルかもしれんぞ？」

へ？

「ちょ、超、」「ぶっ壊れ性能スキルぅう⁉」

顔を見合わせた女子ーズの頭にポンと手を置いたクラウスは、ニヤリと笑う。そして言った。

「……ふふん！　俺の勘を信じろ。さっそく検証開始といこうぜ！」

「へ？　へぇっぇぇえ⁉」「い、いきなりぃぃぃいい⁉」

おうよ。こういう時は勢いだ。勢い！

そうして、元気いっぱい、やる気満々のクラウスさんたちは（主にクラウスさん）、昼の予定を大きく変更してリズのスキル検証にさっそく取り掛かるのだった――。

第5話「スキル検証（義妹《いもうと》編）」

ギャーギャー……！

コカカカカカ————……！

「と、いうわけで——」

やっ〜てきました〜♪　霧・の・森——♪

「は？」「え？」

『？』顔のメリムとリズが顔を見合わせて、きっかり5秒——。

「いやいやいや、待て待て待てぇぇぇぇ!!」

「えええええ?!　ちょ、ちょ、ちょ、どこ、ここー?!」

いや、だから霧の森やッちゅう《言う》とるやん？

「い、いやさ。だからなんでだよ！　しかも、なんで超近場不人気下級狩場の霧の森に僕たちがぁ？」

「……それを今から説明するやけぇ黙っとけ、クソガキ」

ムキー！

「クソガキちゃうわーい！」

あーはいはい。

おっかなびっくりついてくるリズと、さっきからプリプリうるさいメリム。

「お、お兄ちゃん、私こういうとこ初めてなんだけど……」

初めての狩場に不安を隠せないリズはクラウスの服の裾をキュッと掴《つか》んで離さない。

その頭を撫《な》でつつ、クラウスは自信ありげに笑って安心させた。

「大丈夫だ。俺もメリムもついてる——離れなければ絶対に安全だから」

一応、二人とも装備を整えている。

メリムはいつもの杖《つえ》にいつものローブ。頭にはバンダナ兼包帯をグルグルに巻いて髪を抑えている。

そして、リズには完全装備!!

みてよ、このリズの雄姿を！　急遽《きゅうきょ》ギルドのレンタルコーナーで借りて来た初心者用『高級装備』でガッチガチだ。

ロックリザード製の胸当てにヘッドギア。

シルクスパイダーの鎧下《ギャンベゾン》。

蟲甲《ちゅうこう》の小手にレガース。そして、メインウェポンにミスリル製のナイフを1本！

盾は迷ったけど、使い慣れてないとかえって危ないので今回は見送り——。

そして、気になるお値段は——……ダラララララララララ♪——じゃーん、しめて一日あたり銀貨60枚だ！

「いやー奮発した、奮発した！」

「いや、妹の装備自慢はイイから！」

スパーン！　とツッコミポーズのメリムをサラッと無視して、ドヤ顔のクラウス。

……うるせぇ、黙れ！　リズの冒険者装備一式やでぇ！　ここで自慢せねばどこで自慢する――。

見ろ、このキューティなマイしすたぁ――を！

――チャララ～ラ～ラ～ラ♪
どこからともなく脳内音楽が流れてきて、
まるで王都の馬車の性能紹介のように、リズにスポットライトが当たり、様々な角度から彼女を紹介する。

リズ・ウォルドルフ
それはクラウス・ノルドールの義理の妹にして、兄ちゃん大好きっ子。
得意料理は、シチューとお漬物。
家計の一切を取り仕切り、家事全般をそつなくこなす、縁の下の力持ち。
能力は高く、本日はじめて受けたスキル授与式では兄貴もうらやむ才能を発掘し、将来が楽しみである。
その、高い能力は、
きびきびと動く、凹凸のないスレンダーボディ――――ごきぃ!!

「いっだっぁああ?!」

なになになに?!　なんでぇ？

「なんでぇ？　じゃないよー！　な～んで、義妹の身体《からだ》をジロジロみて品評しているのよ！　エッチぃ!!」

「クラウス、サイテーだな」

いや、だって！

「だっても、そってもない!!　もー！」

プリプリ怒りつつも、めっちゃ顔赤いですやんリズさんや？　ちょっと嬉《うれ》しそうですや～ん?!

「……つーか、ホント何しに来たんだよ？　ギルドでやっすいクエストばっかり取ってきてさー。受付の姉さんめっちゃ睨《にら》んでたぞ？」

テリーヌさんの冷たい視線を思い出しクラウスも思わずブルリ。

「だ、大丈夫だ！　クエストを受注したのは俺じゃなくてリズだからな!!」

「いや、その分——余計に睨まれてたじゃねーかよ？」

なんか、「へー……後輩冒険者の分のクエストまで持ってっちゃうんですかー、へー。しかも、妹さんを利用して……へー。中級なのになー」って顔だったし。

「う、うるせぇ!!　それもこれも検証のためなんだよ！　………つーか、テリーヌさん、顔に出し過ぎでしょ?!」

うー……ぶるぶる。

あとで怒られないよね……よね？　よね⁇

「知らねぇよ」

「――だ、だって、リズのユニークスキルの備考欄に『ギルド等の』って書いてあったじゃん!!」

しゃーないじゃん!!

「あ、あぁ～……。それでギルドのクエストを受注してたんだね。な～んだ、てっきり、私を利用しているのかと思ったよ――」

ぐさぁ！

さりげないリズの言葉に、クラウスに大ダメージ。ヨロリ……。

「うぅ……。リズの目にもお兄ちゃん、そんな風に見えたんだ――？」

ショック……。

「へ？　……別に気にしてないよー」

いやいや。うん、むしろ気にして……。

クラウスの葛藤などどこ吹く風、受注したクエストの紙を眺めているリズ。矯《た》めつ眇《すが》めつ。

「へー。クエストってこんな感じなんだね、私、クエスト初めて……あ、――って、いいの？　私、冒険者登録してないよ？」

「もちろん大丈夫だ」

大丈夫じゃなきゃ、テリーヌさんに秒で殺されているしね――、っと、何か寒気を感じたのでこの話はこの辺で……。

それよりも、リズの手にあるクエストはどれもこれも、常時出ているやつで、クラウスも以前お世話になったものばかり。

「それは、ギルドが出している常時クエストってやつだな。……なんせ、数が多過ぎて、基本誰でも受注できる。もちろん、一般の人は実力が証明できない限り、簡単なのしか無理だけどな」

今回は、クラウスたちが付き添うので大丈夫、っていう寸法だ。

「へー。そういえば、近所の子が時々お小遣い稼ぎに、『夕闇鉱山』で魔光石を拾ってくるけど、あーいうの？」

「そうそう。それだ。……冒険者じゃない分、ギルド貢献度が加算されないから、ほんとにただの小遣い稼ぎだけどな」

もっとも、町の人で冒険者登録をせずにクエストを受ける人はほぼいない。

受けるくらいなら冒険者登録をするし、しないままだと、稼ぎもそれほど多くはないからだ。

……なにより危険だしね。

「――で、なんでわざわざ霧の森に？　稼ぎにならねぇじゃん？」

「ん？　なんでって……決まってるだろ？　ここなら近いし、比較的安全――なにより誰もいないからな！」

うんうん。

「いや、答えになってねーよ!!」

さっきから喧《やかま》しいな、メリム。

「つーか、お前は別に呼んでないぞ」

「い、いや、だって――置いてかれたら僕どうすればいいんだよ！」

だから、薪《まき》でも割ってろって――……。

「やだよ、人んチで留守番なんて！」

じゃ、黙ってついてこいよ。まったく――、

「きゃぁ！　なんか、目の前横切ったー」

ヒシッ！

「うわ！　どうしたリズ――」

なんか、腕に柔らかいもの――……あ、柔らかくはないな。うん。


ゴンッッ!!


「いっだあぁぁ?!」

なんでぇ??

「だから、なんでぇ――じゃないよ！　なんか失礼なこと考えてるからでしょ!!」

し、失礼なことってなんだよ――事実をだな、俺は……ゴンッッ!!

「いっだぁぁああ！」「コロスわよ」

さ、さーせん……って、なんだよ。

「……さっきのは、ただのリスだ。ビビり過ぎだ」

「お前は義妹にビビり過ぎだぞ」

うっせー！　怒ったリズはホント怖いんだよ。

（とはいえ、一応フィールドだ。気を抜いてちゃダメだな）

狩場では何が起こるかわからない。クラウス達が護衛しているとはいえ、モンスターが予想外の動きをすることもある。

……おっかなびっくりクラウスについてくるリズの様子に苦笑するクラウス。それは、まるで３年前の自分を見ているようだった。

そして——抱き着くリズのオパイも３年前と……。

……ゴキッ！

「しつッこい！」

「ごふっ」

うごごご……。み、みぞおちに何か衝撃が……。

「いい加減、セクハラで訴えますよ？」

「——いや?!　だ、誰にぃぃぃぃぃい?!」

な、なにそのシステム?!　怖い!!

でも、リズたんの、冷たい視線にクラウスさん、ぞくぞく——……「「ジロリ」」あ、はい。さーせん。

女子ーズの冷たい視線を前に、素直に謝るクラウス。

「……まったくもう。いきなりスキル検証とかいって連れ出したと思ったら、ダンジョンだし

――」

不安そうな顔でキョロキョロ見回すリズ。

「ん？　ここは、『ダンジョン』じゃねーぞ？　ここは『フィールド』」

「ふぃーるど⁇」

リズの疑問に、メリムたん、超どや顔で説明。

「ふふ～ん……。いいかぁ、リズぅ。狩場には、大まかに2種類あってだなー。『外』のうち魔素によってモンスターが湧くようになった場所がフィールド。そんで、建物や洞窟なんかの『中』に魔素が溜《た》まったのが、いわゆるダンジョンってゆーんだぜー」

いた、誰やねん、お前――。

……ちなみに、その二つを総称して『狩場』という。結構みんな混同して使ってるけどね。つーか、自分も先日まで知らなかったくせに、コイツ――。リズが何も知らないからって、調子に乗りやがって……。

「へ、へー……。メリムさんって詳しいんだね？」

「ふふ～ん。先輩だからなー。尊敬してくれて――はぶぁ⁉」

とりあえず、チョップ。

「なんでぇ⁈」

「いや、なんとなく？」

「――てめぇ、ごらぁぁぁ！」

いや、だってお前が調子にのったらろくなことになんないじゃん？

いつぞやの筋肉の戦士たち《マッチョファイターズ》とかな。

「それよりも、お前に付き合えといった覚えはないぞ？　手伝ってもバイト代は出さねーからな」

「そんなぁ！　ず、ずるいぞ、クラウス！　仲間だろー」

「馬鹿たれ。都合のいい時だけ仲間言うんじゃねーよ。だいたい、今回は稼ぎに来てんじゃねーんだよ。嫌なら、家で薪割りでもしてろって言ってんだろ？　——そっちはバイト代出してやるよ」

「……そ、それはやだ！」

結局ぶー垂れつつも、メリムも同行に渋々同意する。

さすがに他人の家で、黙々と薪集めするのは、クソガキのメリムでも嫌だったらしい。

「——なら黙ってついてこい。……さて、リズ。まずはスキルを試してみようか。……ほら、装備のレンタルと一緒に、魔石も買っただろ？」

リズの手には大小の魔石がいくつか。

ギルドで販売している比較的初級向けの奴《やつ》だ。

「それを割ればレベルが上がるはずだ。レベル5くらいまでなら十分足りる数だと思うぞ？」

「え？　いいの?!」

リズが驚く。

普通は、冒険者になるなら自力で上げるものだからだ。魔石を割れば、モンスターを倒さなくてもレベルは上がる。……だが、レベルだけ高くても戦闘経験が低いと実戦では役に立たないとして、冒険者ギルドなどでは、魔石でのレベリングは推奨されていない。

だから、かつてのクラウスもその例に漏れず、ゲインのパーティを脱退してからは自力でレベルを上げていたものだ。

「あぁ、いいぞ。ただし、あんまし一気に上げると良くないみたいだから――今日だけな？」

確かテリーヌ曰《いわ》く、魔石を一気に使い過ぎると「破裂するわよ」とのこと――。だから……破裂ってなんだよ!!

「じゃ、じゃあ、遠慮なく」

えい!!

リズの可愛《かわい》い掛け声とともに、魔石が砕かれ、経験値が彼女に吸い込まれていく。

「わ、わ、なんかきた――」

※　※　※

リズ・ウォルドルフのレベル《レベル》が上昇《アップ》しました
　リズ・ウォルドルフのレベル《レベル》が上昇《アップ》しました
　　リズ・ウォルドルフのレベル《レベル》が上昇《アップ》しました
　　　リズ・ウォルドルフのレベル《レベル》が上昇《アップ》しました

※　※　※

「よーしよし！　――ちゃんとレベル5になったみたいだなッ」

「う、うん！」

パチーンとなんとなく手を合わせるクラウスとリズ。

魔石が足りなければ霧の森で調達しようかとも思ったがちょうど足りたらしい。これもクラウス自らの経験があってこそ。

「うんうん」

ふふん、伊達《だて》にユニークスキル歴3年のベテランじゃねーぜ？

「……3年って、言うほどベテランか――」

ゴンッ！

「うぎっ?!」

「だぁってろ！　これでも、ベテラン下級冒険者の二つ名を頂戴したこともあるんだぞ！」

「……それ、二つ名じゃなくて忌み名だろうがー！」

――ゴンッ！

うっさい！　ベテランはベテランじゃい!!

「むぎぎぎ……！　だから、ゴンゴン、叩《たた》くなよー！」

やかましい！　ったく、メリムのやつ……。

「さ、アホはほっといて。じゃー、次はユニークスキルをアップさせるぞ――……あ、そうだ、確認だが、」

「ん??」

リズが信頼を寄せる目でクラウスを見上げるが、その視線をフィッと躱《かわ》して頬を掻《か》く。

「あー、リズ。……ステータスの振り方ってのはとても大事なことなんだ。その……お前が好きに選んでもいいんだぞ？」

ステータスもＳＰも、一生ついて回るものだ。

幼少期にこれを失敗して人生を棒に振ったなんて話も聞いたことがある。だから慎重に――。

「なぁんだ、そんなこと！」

ニコッ。

「お兄ちゃんを信じてるから、いいよ！　えへへ」

う……。

まっすぐに見つめられてクラウスの顔が紅潮する。リズならそう言うとは思っていたけど、真正面からその信頼を受け止めると、これはなかなか恥ずかしい……。

「お、おう。はは……そうもはっきり言われると照れるな。だけど、わかった。……今後はともかくとして、今日はユニークスキルを鍛えよう。……だから、信じてくれ。リズのスキルはきっと役立つはずだ」

「うん‼」

……スキルに貴賤《きせん》はない。

ならば、天から与えられたユニークスキルを鍛えることは間違っていないはず――……【自動機能《オートモード》】がそうだったように、リズの【依頼の道標《クエストマーカー》】もきっと彼女を助けてくれるスキルに違いない。

「じゃー……ＳＰをユニークスキルに振ってくれ。初期はLvが上がりやすいはずだから」

「う、うん！　わかった‼」

果たして、リズのユニークスキルは予想通り、ＳＰ「＋10」を使用してLv２へと進化する。

「わわ、本当にLv２になった――」

目をキラキラさせながらステータス画面を見つめるリズ。そして――……。

　ブゥン……！

※　※　※

レベル：５（ＵＰ！）

名　前：リズ・ウォルドルフ

スキル：【依頼の道標《クエストマーカー》】Lv２（ＵＰ！）

Lv１⇒近親者クエスト表示

Lv２⇒基本クエスト表示（ＮＥＷ！）

Lv３⇒？？？？？？？？

●リズの能力値

体　力：17（ＵＰ！）

筋　力：20（ＵＰ！）（＋50％）

防御力：26（ＵＰ！）

魔　力：41（ＵＰ！）

敏《びん》捷《しょう》：　27（UP！）（＋50％）
抵抗力：　24（UP！）
残ステータスポイント「＋12（UP！）」→「＋2（DOWN！）」

※　※　※

スキル【依頼の道標《クエストマーカー》】Lv2
能力：SPを使用することで、受注したクエストをマーキング表示する。

Lv1近親者クエスト表示は、近親者間に発生したクエストを表示する。

Lv2基本クエスト表示は、ギルド等で受けたクエストを表示する（下級に限る）。（NEW！）

Lv3？？？？？？？？？？？？？？？

※　※　※

「……お!!」

おおおおお、き、きたきたぁぁあー！　これがLv2の【依頼の道標《クエストマーカー》】か！

リズが書き取ったメモを確認すると、そこには果たしてLv2になったユニークスキルがあった。

しかも、予想通りのギルドのクエストに連動したものだ。

「……つまり、俺の思った通りッ」

ニヤリと、口角を吊《つ》り上《あ》げるクラウス。その表情を見て、ちょっと引いているリズがおずおずと尋ねる。

「へ？　え、えっとー……思った通りって？　な、なんか、お兄ちゃんが悪い顔してるよぉ」

「こいつはいつも悪い顔だぞ」

ゴンッ

「うぎ！」

「黙れ、メリム。ふふふ、それよりもリズ。せっかく外に出たんだ。……遠慮するな？　ここなら、思う存分リズのスキルを試せるはずだ」

「え、あ、うん……？　え？」

ごくり。クラウスにつられるようにして取りあえず構えるリズであったが――。

「よーし。じゃあ、覚悟はイイか、リズ。――少々暴れるぞ」

「う、うん！　……って、えええ？　あ、暴れはしないよぉ!!　――しかも、ええ?!　ひ、人が来ないとこに妹を連れ込むなんてキャー！　お兄ちゃん、やだぁ♪」

リズちゃん、体を抱いて腰を振り振り――。

「はいはい、メリムチョ――――ップ！」

――ズビシ！

「あ、あうちッ」

「よーし……まずは色々と落ち着けよーリズ……あと、クラウスもな！」

お手てプラプラして、つまらぬものを殴ったとでも言いたげなメリムに対して、「うー叩かれたー」とリズが涙目――。

「うむ。リズを泣かせたな？　……貴様は死刑ッ」

クラウスチョ――――ップ！

――ズビ――――シッッ！

「い、いっだぁぁ!?　え？　え？　えええ？　な、なんでぇ？」

「リズの仇《かたき》だ、どあほう」

とりあえずメリムの頭にチョップ。

って、

「――え、えぇぇ?!」

なんでぇ？

「い、今の流れで僕が殴られる意味あったぁぁ?!」

涙目で頭をスリスリ撫でるメリム。……いや、そこまで強くやってないけどね。

「……気にすんな。とりあえず、リズは集中しろ、集中」

「う、うん。……ごめんなさい」

「いや、気にしろよ！　つーか、僕にまず謝れよー!!」

知らんッ！

兄妹《きょうだい》で出かけるのは久しぶりだというのに、余計なコブがついてきて、めんどくせぇ。

「誰がコブだ!!」

――おめぇだよ。

「むっきー！　せっかくパーティ組んでやってるのにぃ！」

「頼んだ覚えはないぞ？」

ったく、うるせーなーコイツ。なんだか、なし崩し的にメリムとつるむようになってしまったが、どうもね……。

メリムのことは嫌いではないが、どうにもトラブル体質というか――なんか、事件に巻き込まれる気がするんだよなー。

第一……。

（女が近くにいるとウチの姫君が怒り狂うんだ……これが）

はーやれやれと天を仰ぐクラウス。

だって、前は、女連れてきたら殺す《放送禁止用語:ピー♪》――とか言ってたし……。うー……ぶるぶる。

なんでクラウスの周りの女性は怖い人ばっかりなん？　つーか、メリムのオパイ、バレたらどうなるん？　メリムは一生懸命隠しているようだが、その豊かなオパイはサラシでグルングルンに巻いてはいるものの、はちきれんばかりだ。もう、バインバインですよ、この子。

リズはリズで気付いているんだか気付いていないんだか……。

「な、なんだよ？　じ、ジロジロ見るなよー」

見てねぇよ……。

見るほどねぇ――……いや、あるわ。

ゆったりとしたローブの上からでも、わかるものにはわかる。女だと意識してないとローブの皺《しわ》にしか見えないが、実はあの下にはかなりの胸部装甲が――……。

――チャララ～ラ～ラ～ラ♪
どこからともなく脳内音楽が流れてきて、
今度は、メリムにスポットライトが当たり、様々な角度から彼女を紹介する。

メリム・何某《なにがし》
コイツはうざってぇクソガキで、貧乏娘。
得意なことは特になく、バイタリティだけで全てを乗り切る姦《かしま》し馬鹿。
計画性は皆無で金は常にカツカツ。……すぐに人に飯をたかるし、筋肉の戦士たち《マッチョファイターズ》のいやがらせの巻き添えを食らわされたとんでもない奴。
だが、ユニークスキル【直　感《インスピレーション》】はなかなかの代物で、命を救われたこともある。
そして、魔法使いなんだが魔法を使ってるところを実は見たことがないけども、
魔法使いとは思えぬほど、根性で走る姿はそのローブの下に隠した豊満なオパイがバインバインと揺れ――――ごっきぃぃ！

「――いっだぁっぁああ!!」

な、ななな、なんでなんでぇぇ?!　しかもメリムとリズの合同ラリアットって、なんでぇぇぇ?!

「オメェの目つきがキモいからだよ!!」「何か知らないけど、乙女の気配が殴れって!!」

エー……酷《ひど》くなぁい！　なくなくなく、なくなくなぁい?!

「つーか、検証しに来たんなら早くやれよー」

「う、うるっせぇな、わかってるよ……」

なぜかたびたび脱線してしまったが、ここに来た目的はリズのスキル検証だ。

かつてはクラウスの【自動機能《オートモード》】もここで検証したし、なによりここは、

「ったく。……よ～し、リズ。安心しろ！　この辺は俺の庭みたいなもんだからな」ふふんッ！

ドヤ顔のクラウス。

なんたって、クラウス長年の愛用の狩場！　だから、ここなら絶対無事だと言い切れるのだッ！

はーっはっはっは！　仰《の》け反《ぞ》りながら高笑いするクラウスであったが、

「あ、そっか。下級時代長かったもんねー」

「――ぐふッ」

ドヤ顔のまま吐血する思いのクラウス。

ニコリと笑ったリズの綺麗《きれい》な笑顔。邪心がないだけに、その一言が刺さった――。

ううう、痛い痛い、痛～い、リズさぁん。とっても痛いよ、リズさぁん……。

「な、泣くなよ、クラウスー」

「……泣いてねぇ！」

でもね、目から汗が出ちゃう。だって男の子ですもの――。

「え、えへへ、頼りにしてるからね、お兄ちゃん！」

……おう!!

「任せろッッ、マイシスター！」しゃきーん!!

泣いた子がすぐ笑う――。

「気持ち悪いな、クラウス」

うるっせぇ!!

「……何か言ったか、クソガキぃ?」

「なーんも」ぴゅる～♪

「……チッ!」

盛大に舌打ちすると、わざとらしく口笛を吹いているメリムをスル～リと無視して、クラウスはリズに向き直る。

ったく。

「――コホン！　じゃあ、まずはおさらいだ。リズ――さっきと同じ要領でスキルのところまでステータスを開いてみてくれ」

「う、うん！」

素直にステータスを開くリズは、クラウスに言われるままに、ステータスを操作。

ブゥン……。

※　※

《クエストを指定してください》

●近親者クエスト

●基本クエスト　↑　ぴこん♪

※　※

「ってのが出てるよー？」

「そう、それだ！」

「これ？　わかったー」

言われるままに、基本クエストを選択するリズ。ポチッとなー。

……すると、チカッ♪　チカッ♪　と点滅するステータス画面。（※もちろんリズにしか見えていない——ので、ここは自己申告なのだ）

「お、おぉ！」

それだ、それ！　やっぱし、システムは【自動機能《オートモード》】に似ているな。

フフンと、人知れずどや顔を浮かべるクラウスであった。

※　※

●基本クエスト
○　薬草の採取　（ＮＥＷ！）
○　ゴブリンの討伐（ＮＥＷ！）

○　魔物の駆除　（ＮＥＷ！）

※　※

「へー。これがスキルの応用かー。なんかすごいね――……。あれ？　けど、これどっかで見たような」

首を傾《かし》げるリズにクラウスはニヤリと笑って答え合わせ、

「ふふふ、そりゃそうさ。そこに表示されているクエストはなー」

ニィッ！

思いつきが確信に至ったことで会心の笑みを浮かべるクラウス。これが事実ならリズのスキルはとんでもない効果を持っていることになる。そう――。

「――それは全～部、町のギルドで受けた依頼だからな！」

ババーン！

驚くリズの眼前に、彼女が持ってきた、４つのクエストをパラリと示す。

そこには確かに、『薬草の採取』『ゴブリンの討伐』『魔物の駆除』『レッサートレント素材の採取』の４つのクエスト。下級クエスト３つに、残り一つは中級に近いレア素材を採取するものの計４つ――。

「…………え？　えええええええええ⁉　そ、それって――」

「そうとも！」

つまり、

「リズのスキルは、ありとあらゆるクエストに対応しているってことだぁぁぁあああ！」

ババーン!!

決まったー、とばかりにクラウスがどや顔――……しかし。

――えっと。ん、んん～？

「…………………そ、それって凄《すご》いの？」

ズルゥ！

思わずズッコケるクラウス。というか、メリムもややハテナ顔――「……って、なんでやねん！」リズはともかく、なんでお前もわからんねんッ！

「いや。言いたいことは、なんとなくわかるけどよー……それがどうしたってんだよ？　しかもそれ――下級クエストだけだよな？」

「あ、ほんとだ……？　3つしかないね」

メリムとリズが首を傾げる。確かに彼女らのいう通り、今のスキルには3つまでしか表示されていない。受けたクエストは4つのはず――……。

「ふん！　そりゃそうだ。まだスキルLv2だぞ？　――表示されてない、クエストは『レッサートレント素材の採取』……つまり、本来中級の仕事だ」

「あーなるほど――……って、いや、だからなんだよ⁉」

ガクッ！

「お前……わかれよ！」

「いや、だってよー。スキルLvで表示されるクエストの難度が変化するのはわかったけど、それがわかったからってどうなるんだ？」

はぁ〜……⁇　ったく、これだからトーシロは。

「いや、誰がトーシロだよ！　……だいたい、俺とお前――中級の同期じゃん」

「うっせーよ！」

つーか……リズのスキルの真価はそこじゃないんだよ。

「まぁいい。物わかりの悪い、お前にもわかりやすく教えてやる――リズ、次だ次！　次がおそらく――」

「誰の物分かりが悪いって⁉」

あーうるさい。オメェだよオメェ！　ジト目のメリムを無視して話を進めるクラウス。

……そんなことよりも、次の段階でこそ、リズのスキルの真価がわかるはず。どれほどの効果があるのかは、見てみないとわからないが、クラウスの読みが正しければ、おそらく――………。

「そんなことって――ムキー！」

「黙ってろ！　それだ。その指定先を選択してみな？」

「えっと……。こう、かな？」

プンスカしているメリムを尻目に、リズがスキルを起動。すっかり慣れた様子でステータス画面を呼び出すと、
ぶぅん……！

※　※

《クエストを指定してください》

※　※

●基本クエスト
○　薬草の採取　↑　ぴこん♪
○　ゴブリンの討伐
○　魔物の駆除

※　※

「一番上の『薬草採取』っと――……」

ポチッとな。リズがステータス画面に入力！　すると――。

ポ～ン♪

「……わ!!　な、なんか『▽』が出てる!!　出てるよ、お兄ちゃん!!　足元にも、ほらぁ！」

スキルを起動した瞬間、ぴょんぴょん飛び跳ねながら足元を指さすリズ。

「お、やっぱり出たか！」

家でのことを思えば当然と言えば当然。なんせリズのスキルはクエストに『▽《マーク》』を付与するスキルなのだから。

そして、どうやら、さっそくクラウスの足元に『▽』とやらが見えているらしい。

「お？　もしかして、これか？」

……ぶちっぶち。足元には果たして薬草――キリモリ草が１株。

そいつを勢いよく抜くと、リズに差し出す。霧の森でよく採れるので珍しくはないが……。

「うんうん！　それそれ！　すごーい！」

クラウスが掲げるキリモリ草を満面の笑みで見つめるリズ。

そして、喜ぶリズと同じくして、クラウスもプルプルと体を震わせる。なぜなら……。そう、なぜなら！


よ、よーし！

「――思った通りだぁっぁあぁあああ――――――!!」


「ひゃ!?」「うぎゃぁ?!」

思わず、ガッツポーズで跳び上がるクラウスと、その様子に驚く女子ーズ二人がヒシッ！　と抱き合う構図。

って、

「ビ、ビ、ビビックリしたー！」「お、お兄ちゃん、急に大声出さないでよー」

ええい、これが叫ばずにいられようか！

女子ーズの非難など知ったことかと言わんばかりに、一人――……イェス!!　いえ――――す!!　と叫び続けるクラウス。

「ふっふっふ。思った通りに、ドンピシャだぜぇ!!」

ビシィ！　といまいちわかっていない女子二人に、サムズアップ。

その様子に顔を見合わせたリズとメリムであったが、おずおずと、

「え、え～っと、お兄ちゃん？」

「はぁ??　な、なんだよ。いったい、どういうことだ？　僕にもわかるように教えろよー」

あ?!

「おまっ、ほんと、わッかんねぇのか？」

「わ、わかるかよ！　だいたいそんなに叫ぶほどのことぉ？」「わ、私も同感」

「っかー！」

これだから、メリムは。

「んなぁぁ！」

ったく、しゃーねーなー。

「なんで僕だけ！」

やかましい、リズはいいんだよ、リズは！　なんたって、可愛い義妹だからな。

「……いいか？　リズのスキルはクエストの位置情報を教えるものだ。つまり――」

「「つ、つまり？」」

ゴクリとつばを飲み込む二人。

「……つまり、リズに見えてる『▽《そのマーク》』ってのは、クエスト対象に表示される、ってことだ」


ん？


「「…………？？？」」

ん、んん～？

思わず顔を見合わせるリズとメリムであったが、

「え～っと……」

「それってー……極論すれば、ただ『▽《変なマーク》』が出るだけじゃねーの？」

ずるッッッ……。

思わずずっこけるクラウス。

「はぁ～～～～？！」

な、わけねーだろ！

「い、いやだってよー」

だってもそってもあるか!!

「お前は、俺の義妹のユニークスキルがそんなショボいと思ってるのか？」

「ち、違うのかよ？」

まだまだメリムは理解してないらしい。これがどれほど画期的なスキルだということが――。

「は～やれやれ、これだからメリムは――」

「な⁈　だから、どういう意味だよ！」

そういう意味だよ。

「だーもー！　僕の扱いが雑だぞッ」

あーうっさい。……だが、メリムの視点もある意味正しい。

実際、クラウスのほかにこのスキルの真の価値に気付くものがいるだろうか？　リズ自身ピンと来ていないのか、首を傾げたまま。

「う～ん、でも、お兄ちゃん。メリムさんの言う通り、私のスキルって、その……それだけ《▽が出るだけ》だよね？　な～んか地味ぃ……。私、もっとすごい派手なのがよかったよー。こう……ドッカ――ン！　って感じのやつ」

――いや。ドッカーンって、君ぃ……。

確かに、極論すればメリムの言う通り『クエストを受注したら「▽」が出る』だけのスキルだ。リズがいうところの「どっか～～～～ん！」系のスキルではない。仮にスカウトされたとしても、その結果――スキルの効果に不満を覚えたスカウトらに、正しく評価されずに呆気《あっけ》なく捨てられるタイプのスキルに違いない。…………だが、クラウスは違う。

「おいおい、リズ。……それは違うぞ？　お前はまだこのスキルのことを、な～～～んもわかっちゃいない」

（だてに、長年ハズレだのダメスキルだのと言われてきたわけじゃないぜッ！）
そう。……長年不遇であったクラウスだからこそわかるのだ――このスキルの本当の価値に
……!!

「そ、そうなの？」

そうとも！

「いいかリズ。メリムも聞け？　……クエストを受注した時点で、一番大変なのはなんだ？」

「「へ??」」

顔を見合わせるリズとメリム。

「……ま、魔物を倒すこと？」

「ノンノン!!」

チッチッチッ！　わかってないなリズぅ。

それは討伐系クエストの時くらいなものさ――全部に当てはまるわけじゃない。

「……ん――――??　大変って…………あ、わかった！」

お、メリム、気付いたか?!

「――クエスト対象を見つけることか!!」

「イェス!!　その通り!!」

「え？　え？　え？　どゆこと??」

まだイマイチわかっていないリズにメリムがドヤ顔で解説。

「ヘッヘ～ん。いいかぁ、リズ！　冒険者ってのはクエストを受けてから依頼を達成するまでに一

番時間がかかるのは捜索の時間なんだ」

「……そ、捜索？」

「そ！　なにせ、薬草採取にせよ、モンスター討伐にせよ、どこにあるのか、どこにいるのかがわからないと、そもそも話にならない。……だろ？」

「あー、そっかー！」

「……うん。メリムにしては冴《さ》えてるな」

「えへへ」

しれっとディスったものの、単純なメリムは気付かない。

そもそも、リズのために設けた質問なんだが……まぁいいか。

「あれ？　……ってことは、もしかして――」

そこまできて、ようやく気付いたらしいメリム。なにやら、汗をダラダラ流しながら、油の切れた人形のように、ギギギギギ――と音を立ててクラウスを振り返ると、

「も、もしかして――」

ようやく気付いたか……。

「おう……想像通りだ。リズの場合――今のところ下級クエストと家族間のクエストに限られるが、クエストの達成率は飛躍的に上がる。……………それも反則級《チートクラス》に、な」

「「…………え」」

チート級って……。思わず顔を見合わせる女子ーズ。

そう……。その通りだ。リズのユニークスキルは一見地味だが、クエスト対象の上に『▽』が表

示されるというのなら、それはクエストを受注した時点で、一々その対象を探す手間が省けるということ――――。

つまり――。

「「――ええええええええええええええええええええええええええええええええええええええ?!」」

チートクラスぅぅぅうう?!

――どっか――――――――ん!!

「あーうるさいうるさい」

女子ーズのビックリ合唱にクラウスは耳を覆う。……いや、まぁ、わかっちゃいたけど、とんでもないスキルだ。

「そ、そそそそ、それって、捜索時間が一気に解消されるってことか?!」

「そうだよ」

「じゃ、じゃー……。クエストが楽チンに?」

「そう言ってんじゃん」

まぁ、楽チンかどうかは判断が分かれるところだが、クエストクリアの問題点が一気に解消されるのは間違いない。

「どうだ? 理解したか、リズ。…………そのうえで聞くが、これでも地味か?」

「う……あぅうぅ……。ええええ、ちょっとまだ理解がおいつかないけど――ううう、地味っちゃ地味だけど――」

まぁ、地味といえば地味だな。地味の頂点とも言えるだろう。……なにせ、攻撃もできないし、戦闘に直接寄与する補助でもない。

そう…………極論すれば、ほんとうにクエストの上に『▽』が表示されるだけ!!

だけ!!

…………だが、それがどうした？

それがすごいんじゃないか？　▽マークが表示されるだけ？　……結構。実に結構。

リズがどんなスキルを望んでいたかは知らないが、これはこれで、天の思《おぼ》し召《め》しだ。

「ほ、ほえぇー。……なんかすげーな、リズのスキル」

ようやく合点がいき、しきりに感心するメリム。……今さらかよ。そうだよ、すげーんだぞ、うちのリズは！　ふふん！

「いや、なんでお前が偉そうなんだよ……」

「うるせッ。……とりあえず、リズは少しずつ馴《な》らしていこうか。――たまにはこうして霧の森で練習するのもありだな。ただし、俺がいる時だけな」

「う、うん！　もちろん!!」

グッ！　と両腕に力こぶを作って頑張りますアピールのリズ。……うん、可愛い。

「よーし、そうと決まったら、スキルをさくさく使っていこう。連発すれば、慣れてくるし、ついでに、クエストのキリモリ草をもっともっと、ゲットしようか」

「うん！　わかった…………って、え？　なんで連発？」

「へ？」

な、なんでって……そりゃ。

途中まで機嫌よく腕を突き上げていたリズであったが、ふと我に返ったように、不思議そうにクラウスを見る。

「え？　なに？　俺変なこと言った……？」

……キリモリ草のノルマは最低10本だぞ？

しかも、あのテリーヌさんに睨まれながら受けたクエストだ。何があってもこれはクリアせねばならない。せっかく▽マークでキリモリ草の位置がわかるのだ。ならば、そのユニークスキルを使って、サクサクゲットしていく方がいいのは道理——。

「いや、変っていうか。……なんで？　別に連発しなくてもいっぱいあるよ？」

……は？

「「——い、いっぱい？」」

なんか会話がかみ合わないなーと、メリムと顔を見合わせるクラウス。

そして、ふと……。

「あ、あー……り、リズさんや？」

「なに？」

可愛らしく首を傾げるリズ――。うん可愛い…………じゃなくて！

「あ、あー……」

……いやいや。ま、まさか、まさか！

いくらなんでも――――。

でも。も、もしかして……。

「り、リズさんや？　……も、もしかして、キリモリ草の全部に『▽』ついてたりする⁇」

あはは、なわけな――……。

「へ？　うん――見える限り、ついてるけど？　…………それがどうしたの？」

――ガンッ‼

「うわ！　びっくりしたぁぁあ⁉　きゅ、急に樹に頭ぶつけてどうしたクラウス⁉」

「きゃ⁉　だ、大丈夫？　や、薬草使う⁇」

いや、ちょ――。

「ちょ、ちょ、ちょ～～～～っと待ってね、リズさん？」

「へ？　うん？　……ってか、頭の血、凄いけど――」

いやいやいや。まてまてまてまて――――まて～～～～い‼

「も、もう一回聞くけど――」

「な、なに？」

え～～っと、

「キリモリ草――いや、違うな。もしかして……。や、『薬草』全部に『▽』が表示されてたり
――……する？」

「へ？　うん、そーだけど⁇　……え？」

――ガガガン‼

「どわぁぁ⁉　マジで、頭大丈夫か、クラウス⁉　なんか樹にめりこんでるぞ、お前ぇ⁉」

「ひゃー！　お、お兄ちゃん⁉　血、血ぃぃぃい！　ほ、ほんと、大丈夫⁉　ピュ～って、血ぃー‼

すっごい血ぃ出てるぅ‼」

――ぴゅぴゅー……♪

い、いやいや、血どころじゃない。血どころじゃないよ⁉　君ぃぃいいい‼

「……えええええええええええ⁉」

Y《ユ》、YOU《ユー》はマジ⁉　マジで、全部⁇　全部《ALL》なの⁇‼

森中の――……いや、下手したら全世界の、キリモリ草とか薬草に『▽』ついちゃったりしてる
のぉぉお⁉

「……え？　う、うん⁇　へ、変かな⁇　目の前『▽《クエストマーク》』でいっぱいだけど――」
マ、ママママ、
「――マ、マジでぇぇぇえええ⁉」

本当と書いて、マジぇ？

「え？　う、嘘《うそ》ぉ?!」

「え？　え？　え？　……な、なんかまずかった？　やっぱダメなスキル??　じ、地味だよ、ね」

しょぼんとしたリズ。だけど、ね。それは、ね。

ふるふる

首を静かに振るクラウスと……そして、メリム。

そりゃあ……ね。なにせ、ね。


「……むしろ、逆」

「おう、逆だな……」

「えぇえ？　ぎゃ、逆ぅぅ??」

超、逆——。めっちゃ逆。つーか……。

首をかしげるリズを見て、その瞳を正面から覗《のぞ》き込んだ瞬間、クラウスはリズの視界を一瞬《つかのま》だけ幻視したような気がした——。

……そう。

『〇　薬草採取』を受注したリズの視界一杯に映る、

『▽』のクエストマーカーの山を……!!

——ぶわぁぁぁっぁぁぁぁあああああああああああああ!!

▽▽▽▽▽▽▽▽▽▽▽▽▽▽▽▽▽▽▽▽▽▽▽▽▽▽▽▽▽▽▽▽▽
　▽▽▽▽▽▽▽▽▽▽▽▽▽▽▽▽▽▽▽▽▽▽▽▽▽▽▽▽▽▽▽▽▽
　　▽▽▽▽▽▽▽▽▽▽▽▽▽▽▽▽▽▽▽▽▽▽▽▽▽▽▽▽▽▽▽▽▽

「じょ、冗ッ談……だろ」

もちろん、瞳を覗き込んだとて、そんな光景がクラウスに見えるはずもないが、確かに見えた気がしたのだ。

霧の森いっぱいに――――いや、それを超えて世界中に広がっているであろうリズの世界がッッ。

………そう。

リズだけに見えるクエストの道標《クエストマーカー》――……。そこを埋め尽くす薬草の位置を示す『▽《クエストマーク》』で埋め尽くされた世界が――！

「リ、リズ――お、お前……」

……だ、断言できる。

断言できるよ……。

この子のユニークスキル――――ただのユニークスキルでは収まらない。それも、ただの優秀なスキルどころの話じゃない。優秀なものか。……いっそ、優秀どころか――超優秀。

そう。あえてわかりやすく言うなら――。

なんていうか。そう――――……。

「……じ、じ、地味どころか、そ、そ、そ、そそそ、そのスキル――」

ち、ち、ち、

――超ぶっ壊れ性能《チート級》スキルだぞ、おいぃぃつぃいいいいいい!!!

第6話「森でピクニック」

「ぎひぃぃいいい！」

「げぎゃあぁああ！」

汚らしい雄たけびを上げて、リズ目掛けて襲い掛かるゴブリンが数匹。

「きゃー!!」

「下がってろ、リズ！」――フンッ！

一瞬で肉薄し、急所を一突き。絶命するのを見届ける間もなく、返す刀でもう1匹！　そして――。

「メリム、頼む！」

「あぃよー」

ごきぃ！

魔術師のくせに、物理攻撃！　最後の1匹は、メリムの持つ堅そうな杖《つえ》が頭部を粉砕し、リズに近づかせることなく仕留めて戦闘が終わった。

「ふー……。よーし、リズ。次は――？」

「え？　え？　あっ……そ、そこぉ!!　木の上に2匹！　それと、枯れ葉の下ぁぁぁ！」

「オッケー！」

……見つけたぜ!!

　シュッ――……先ほど倒したゴブリンの手斧《ハチェット》2丁を投擲《とうてき》すると、見事に命中し、「ぎゃぁ！」「ごぁ‼」と、悲鳴を上げるゴブリン。――手斧が地面に落ちる頃には首と胴体に分かれて絶命した。

「す、すごい、お兄ちゃん‼」

「おうおう、もっと褒めろ――……って、いやいや、凄《すご》いのはお前のスキルだよ‼」

　どんだけぇ！

「クラウス、よそ見するな！」

　メリムの鋭い声……おっと、そういや、まだいたっけ？　枯れ葉の下のやつは仕留めきれてなかったっけな！

「わぁーってるよ！　……隠れても、無駄無駄ぁ――‼」

　リズの言う通り、本当に枯れ葉の下にゴブリンがいたらしい。奴《やつ》はどうやらクラウス達をやり過ごしてから奇襲するつもりだったのだろう。ゴブリンらしい厭《いや》らしい戦法だ。

　……だけど、甘い――！

「そのまま、燃えろぉ！」

『下級魔法』――口火！

　　ぽんっ！

　一番魔力消費の少ない火の下級魔法で枯れ葉ごと焼き払う‼

「がぁぁぁああ⁈」

「からの――……あらよっとぉ！」

……ぶしゅっ！

慌てて出てきたところを大きく踏み込んで、胸に深々と一撃！　その攻撃が致命傷となりゴブリンは絶命する。

「ふぅ――」

シュっと血振りし、ナイフの汚れを拭うと、念のため『気配探知』――……うん。オーケー、クリア!!

そして念のために、

「……どうだ、リズ？」

「う、うん！　近くの『▽』《クエストマーク》は消えたよ！」

リズがその場で全周をクルクルと見回し、大きく頷《うなず》く。

「ふふん――どやぁ！　僕のナイスアシスト」

「いや、お前――、１匹しか仕留めてないからね」

んな?!

「ぼ、僕はリズの護衛を――」

「あぁ、わかってるわかってる」

これはリズのスキル検証だ。だから、あえて仕上げの索敵以外には『気配探知』も【自動機能《オートモード》】も使わなかったのだ――。

「いや、それにしても、すげぇスキルだよなー」

メリムも絶賛するリズのユニークスキル【依頼の道標《クエストマーカー》】。クラウスもそれには同感だ。

実際、薬草採取を終えた後、さらに検証を重ねているのだが、……もしかして、モンスターの場合は違うとか、あるいはマーキングの数とか時間に制約があるかと思ったのだが——とんでもない！

なにせ、リズのユニークスキルは、終始ず～っと、クエスト『ゴブリンの討伐』のための『▽マーク《マーキング》』を絶やすことはなかったのだ。

「そうなの？　う～ん、なんだか実感がわかないんだけど——」

「「いやいや……！」」

クラウスとメリムが同時に首を振る。

だって、

「……たいしたもんだよ。キリモリ草だけじゃなく、ちゃんとモンスターにも対応していることがわかったし——制限も特にないみたいだな」

「そうそう。こんなに楽なクエストは初めてだぞ」

ゴブリンの死体の山もそうだが、それより前に回収したキリモリ草や、その他の薬草が詰まった袋がギッシリ！

とてもじゃないが、新人の仕事の量ではない。そして、ゴブリンもこの勢いでは殲滅《せんめつ》してしまいそうだ。

それでも、現時点の課題をあえていうなら——スキルのLvの制限だろうか。今のところ、リズのスキルLvが低いため、下級のクエストしか受けられないようだが、それでも十分な性能のスキルだ。もはや化け物級の性能を誇るスキルである。

……そして、検証を重ねるうちに、わかったのだが、どうやら【依頼の道標《クエストマーカー》】には、ほかの機能もあるらしい。それがこれ——。

リズが、遠くのほうに隠れているゴブリンの頭の上に表示されていた『▽』マークをタッチすると、ポ～ン♪　と軽い音がして、ゴブリンの情報が表示されるではないか！

※　※

クエスト対象：ゴブリン
備考：最下級モンスター

※　※

……どうやら、アクティブにしたクエスト対象の情報が表示される仕様らしい。ちなみに、Lvが上がる前はクエスト対象しか表示されていなかった。

つまり、Lvが上がるにつれ、クエストに関連する情報量が増えていくスキルのようだ。例えば、ゴブリン駆除の時はゴブリンの情報が。……そして、薬草採取の時は▽マークのついている薬草の情報が表示される……と。

いやはや、まったくどんだけ優秀なんだよ。さすがに、遠過ぎると表示される文字も比例して小さくなるため、万能というわけでもないが、それでもたいした性能だ。

(――これ、下手すりゃ、『鑑定』よりも上位スキルかもしれないな)

人知れず冷や汗を流すクラウス。……ただでさえ希少な鑑定スキルの上位互換の可能性を秘めたユニークスキル。絶対に秘匿しないとな。

まだよくわかっていなさそうなリズを横目で見つつ、固く決心するクラウスなのであった。

「え、えへへへへ」

「ふ……」

ポンポン。いつものようにリズの頭を撫《な》でつつ優しく微笑《ほほえ》むクラウス。

……まぁ、今はこれでいいか。

リズも褒められて悪い気はしないのだろう。照れながらも、近くの切り株に腰を下ろしモジモジしている様子に、お兄ちゃん大満足。フィールドに連れてきてよかったなー、と一人ほっこりするのであった。

「さ～て、ひと段落したことだし、じゃあ、ちょっと休憩するか――」

念のため、もう一度『気配探知』で周囲の安全を確認したクラウスは、ちょっと疲労の見えるリズを気遣って休憩を提案。

「お、賛成～！」「わーい！」

あまりぶっ続けでやっても、効率は良くないことを下積みの長かったクラウスは知っている。

……それでも、初めてのフィールドにしては長時間行動し過ぎたかもしれない。

リズだけでなくメリムにも疲労の色が見て取れた。なんだかんだで、二人ともアークワイバーン騒動以来、家がぶっ壊れたせいできちんと休めていないのだからしょうがない。……メリムに至っては日中もこき使っているしな。

「それじゃ、お昼にする⁇　お弁当持ってきたよ――」

じゃ～ん♪

そういって、小さな背嚢《はいのう》からバスケットを取り出すリズ。なんか準備していると思ったら、お弁当だったか――。

――ぱかッ

「わ、マジか！　うまそ！」

「よかったらメリムさんもどうぞー」

手早く準備されていくのは、リズ特製ランチ。台所も壊滅状態なので、簡易キッチンで作った簡素なものだが、空腹は最大の調味料――実にうまそうに見える。

メニューはお手軽サンド。大きく切った黒パンに、しっとりと脂が乗ったベーコン。それに、ゆで卵と、塩揉《しおも》みしたキュウリとトマト。あとはシャキシャキのレタスがそれぞれの具材だ。

「お、おぉー！」

「すげぇ、も、貰《もら》っていいのか？」

「ありあわせだけどねー」

指先でクルクルとキッチンナイフを回しながら器用にパンを俎板《まないた》代わりに食材を切り、まずはメリムに黒パンを2枚重ねて、野菜サンドを差し出すリズ。

まずはメリムから、

「はい、どーぞぉ♪　マスタードは、お好みで」

「へへ！　ありがと――――ん――――……野菜と塩味が染みるぅぅ」

もぎゅぅ……！

近所でまとめて焼いたパンらしいが、日を跨《また》いでいないので柔らかくてどっしりとした触感がたまらない。

「はい、お兄ちゃんもどーぞぉ」

「せんきゅ――――ん～まッ!!」

むしゃぁ……!!

メリムと同様に、パンを詰め込むようにかぶりつくと、とろ～んと黄身が口の端から零《こぼ》れ落ちた。

「トロットロッじゃん！」

……ゆで卵かと思いきや半熟卵か！　さらに、そこにたっぷりのバターと、シャッキシャキのレタスと玉ねぎが加わり、絶妙のハーモニー……。ん～たまらん!!　リズたん１００点ッ！

「あーあー、も～♪　お兄ちゃん、口の周りべたべたー」

そういいつつも、リズがかいがいしくハンカチで口をふきふきしてくれるので甘んじるクラウス。

「センキュー」「えへへ」

「……子供かよークラウス」

「うっせぇ――！」

「あれれ？　メリムさんもトマトこぼしてるよ――」

ふきふき

「わ、いいよ！　いいよ！　………うー、ありがと――って、これ今クラウスの口拭いた奴《やつ》じゃん！　くさっ」

臭いとは何だ臭いとは!!　腹立つので、真っ赤な顔をしたメリムのサンドを召し上げ、あんぐと一口――。

「あー僕のぉぉお！」

「喧《やかま》しい、俺の物は俺の物。リズの物も俺の物――つまり、」

すぱぁん!!

「あだ!!」

「行儀悪いよ、もう。――はい、メリムさん。おかわりあるよ」

そういって、手早く枯れ葉と小枝で焚火《たきび》をつくったリズが、お茶を沸かすついでに、その火でベーコンを焙《あぶ》ってくれる。……パチパチと脂の弾《はじ》ける音に交じって、たまらないベーコンの香り――。

「はい、メインサンドだよー」

たっぷりのベーコンに、スパイスだけをサッと振った、いかにも旨《うま》そうな黒パンサンド。

「いただきます」「ま～す♪」

むしっ……もッ。もッ。もっ………！

「「う、うめぇっぇえええええ!!」」

ただのベーコン黒パンサンドがめっちゃ旨い!!

「えへへ、よかった。ちょっとだけスモークさせたんだよ」

そういって、黒っぽくなったベーコンの欠片《かけら》をカリカリと少しだけ齧《かじ》るリズ。どうやら、メインのサンドはクラウスとメリム用らしい。

「何だか、お前の妹――スペック高過ぎねぇ？　お前の妹なのになー」

「だろぉ？　茶もうまいんだぜー。…………あんだってぇ？」

――どういう意味だよ！

「そういうとこだぞ」

「もー喧嘩《けんか》しないの。それに、私をおだてても何も出ないよー」えへへ

褒める間にも、３つのカップにそそがれる琥珀色《こはくいろ》のお茶。

謙遜しつつも嬉《うれ》しそうなリズが、一番最後に入れたお茶を啜《すす》る。合わせてクラウス達も――「ずずー――……」

あ、

「「うまいわ！」」

なんだこれ？　なんでただのお茶がこんなにおいしいの……?!

「へへ、ちょっとだけお塩が入ってま～す♪」

「「なるほどー」」

カラカラと、バスケットの中で転がる小ぶりの岩塩。どうやら、砂糖ではなく岩塩を入れたお茶だったらしい。

日中の再建作業と、今日の霧の森の『狩り』で、なんだかんだで疲れがたまっていたのだろう。

特に、汗をかいたせいかことのほか塩分がうまく感じられる――……ん～さすがリズ、ただのお弁当なのに侮れん。

そんなこんなでたっぷり食事をとって心行くまで休憩を楽しんだクラウス一行であった。

第7話「検証結果と新スキル」

「そういやよー」

モグモグ……。

口の中を、カットしたオレンジでいっぱいにしながらメリムが徐《おもむろ》にいう。

「なんだよ――」

ポリポリ……。

新鮮なセロリをかじりながらクラウスは気のない返事。

「ちょっと二人とも、食べながら話さない――」

「「さーせん」」

リズは小さな怒りを見せながら食後のデザートをシャリシャリと手際よく剥《む》いていく。リンゴにオレンジ、蒸した栗《くり》にセロリと、どれも脂っこくなった口をさっぱりさせるシリーズだ。

「……ゴクッ。で、なんだよ？」

「んー。もぐもぐ……。リズの検証はうまくいったんだろうけどさ。確か、お前もあのドラゴン倒して、すっげーたくさん経験値貰《もら》ったんだろ？　なんか、スキルとかそろそろゲットしたんじゃね？」

お！　メリムにしては鋭い。口の周りべたべたにしてるわりには鋭いッ！

「って、どういう意味だよッ」

ムッキー！

「そのまんまの意味だよ！　……ったく、まぁ、その～だ。メリムにしては、珍しく当たりだぜ」

「このぉぉ、クラウスぅ――…………って、マジか?!」

ふふん、そりゃそうだろ。中級のクラウスが、あのアークワイバーンを撃破したんだぞ？　……めっちゃ経験値手に入ったーつ～の。

「……え?!　お、お兄ちゃんもレベル上がったの！」

なぜかリズもびっくり。っていうか、「も」ってなんだよ!!　……ったく、

「そりゃなー。ゲイン達が苦戦したドラゴンだぜ？　かなりやばいやつだったのは間違いない」

ぶっちゃけ……やばいどころではなかったのだが、まぁ、倒せたのでよし。

「ぶー……。またお兄ちゃんと差がついちゃうー」

「何《なぁに》言ってんだよ。冒険者に差も何もないぜ？」

リズは不満そうだが、クラウスはどちらかというと後発組だ。……クラウスより先に行っている連中なんて、ごまんといる。

それに、冒険者というのは、レベルアップが早ければいいというものでもない。それは金の力に物を言わせてレベリングをしていたゲイン達を見ればわかるというもの。そもそも、どれほど早くレベルが上がっても、レベルアップには『壁』があるのだ。

「だけどぉ……」

ポンポン。

とりあえずリズをなだめておく。このままだと、「私は冒険者王になるー」とか言い出しかねな

い。…………なんだよ、冒険者王って。

「ちぇっ、クラウスはいいなー。僕、ちょっとしか経験値入らなかったぞ？」

いやいや……むしろ入ったんかーい。

ちなみに、モンスターを倒した場合に入る経験値は、基本倒したチームが総取りだ。それを補うには魔石を使うしかないのだが……。

「おいおい、おいおいおいおいお～い、あれだけ苦労したんだぞ？　下手したら死んでたんだ。当然の権利だぜ！」

ゲインは「俺の経験値だッ！」とかなんとか、ぶーぶー言ってた気がするけどな。――そんなん知るかよッ！

……そういや、あいつまだ捕まってないんだっけ？　ま、どうでもいいけど。

それよりも――。

「くそー……。これだから、僕のスキル上がりにくいんだよなー」

「そりゃ、お互い様だ」

なにせユニークスキルは、Lvアップ時のＳＰ消費が激しい。さらに言えば、ＳＰを使用するしかスキルLvを上げる手段がないので、著しく効率が悪い。ほかのスキルなら熟練度を判定してLvアップすることもあるというのに……。

実際、リズなんか忍び足Lv４ですよ！　Lv４!!

「――ん？　なに？」

「……いや、なんでも」

さりげなくリズから目をそらしつつ、リズのスキルに思いをはせるクラウス。

まったく、この世界の神様とやらは何を考えてるんだかねー。……別にこの子は普通のスキルでもよかったのだが、ほんっと何の因果なんだか――……。

ぶっちゃけ、普通のスキル持ちでも強い冒険者なり、傭兵《ようへい》はいくらでもいる。それこそ、ゲイン達『特別な絆《スペシャルフォース》』の赤い腕のレインや、ギルドマスターのサラザール女史なんかは実際に手合わせしたことはないが、相当な実力者だろう。

それはこの世の仕組みだ。

なにせ、ユニークスキルを持っていない者は、その分のＳＰを剣技Lvなどのスキルのほか、筋力や魔力等のステータスに割り振ることができるのだ。そして、結果的に総合的な身体能力の差が出るというわけ。

だから、ユニークスキル持ちが最強！　……という話にはならないのだ。――ま、それでも、ユニークスキルは強いっちゃ強いんだけどね。

「じゃーよ。どんなスキルを覚えたんだよ？　教えろよー」

「……へっ。そう簡単に手の内を明かすかってーの」

うりうり、と脇をつついてくるメリムをいなしつつ、クラウスはそっぽを向く。……メリムは口は堅いかもしれないが、スキルはそう簡単に明かしていいものではないのだ――。

「お兄ちゃん、私にも教えて」

「おう、もちろんだ‼」

ズルゥ！

「――って、即答ッ?!　は、早ッ?!　明かさないとかのモットーどこいったんだよ！」

知るか！　そんなモットーはリズの前に雲散霧消したわ！　なんたって、リズのお願いだからな――！

「……お前、そのうち義妹《いもうと》が原因で破滅するぞ――」

「ふっ……むしろ望むところよ――！」

「……なんでドヤ顔してんだよ」

メリムの呆《あき》れ顔をサラリと無視して、ステータスオープ――――ン!!

ブゥン……！

※　Before　⇓　After　※

レベル：63
名　前：クラウス・ノルドール
スキル：【自動機能《オートモード》】Lv5（UP！）
Lv1⇓自動帰還
Lv2⇓自動移動
Lv3⇓自動資源採取
Lv4⇓自動戦闘
Lv5⇓自動作成（NEW！）　チカ♪　チカッ♪

Lv6⇒？？？？？？

●クラウスの能力値

体　力：405
筋　力：272
防御力：226
魔　力：154
敏《びん》　捷《しょう》：277
抵抗力：107
残ステータスポイント「＋115」→「＋35」（DOWN！）
スロット1：剣技Lv5
スロット2：気配探知Lv4
スロット3：下級魔法Lv1
スロット4：自動帰還
スロット5：自動移動
スロット6：自動資源採取
スロット7：自動戦闘
スロット8：なし
既存スキル
「火属性耐性Lv1」

「水属性耐性Lv１」

「風属性耐性Lv１」

「闇属性耐性Lv１」

「光属性耐性Lv１」

「立体機動Lv１」

「ドラゴン斬りLv１」
●　称号「ドラゴンスレイヤー」
⇓竜族に対してダメージ＋20％、
　竜被害を受けた人々からの好感度が自動的に上昇

※　※　※

「ふふん、どーよ！」

「「お、おぉー！」」

――どど～んっ！

ステータス画面を示してふんぞり返るクラウス。そこに燦然《さんぜん》と輝くは、スキルLvが「５」！

ふふふ、ビビってるビビってる！

「見たか、二人とも！　これぞ、俺の新たなスキルだ……！　その名も――」

だらららららららららららららー♪

「ディン♪――――『自動作成』だぁぁぁあああああああ!!」

――ばばーん!!

ポーズとともに、会心の笑み《どや顔》を浮かべるクラウス。ついでに歯をキラリ～ン♪

（き、決まった～……！）

これでリズも惚《ほ》れ直《なお》したに違いない！　メリム……？　そんなガキは知らん。

チラリ。薄目でリズ達の様子を窺《うかが》うと、パチクリ、パチクロと目をしばたたかせるメリムとリズ。……お、固まってる固まってる――。

「ダ、ダララララ？」

「ディ、ディン⁇」

ずるっ！

「そこは拾わんでええっちゅうにッ！」

ただの演出やがな！

「そうじゃなくて、これだよ、これ！」

パンパンッ！　わざわざ紙に起こして書いてやったステータスをこれ見よがしに突き出すクラウス。

「「じ……自動――作成？」」

え、え～っとぉ……。明らかに困惑した顔のメリムとリズであったが、調子にのっちゃったクラウスさんは気付いちゃいない。

「おうよ！　その通り！」

このスキルはすげーぞー。

なんたって、『自動』、『作成』だからな。『自動作成』。つまり自動で何でも作っちゃってくれるってことさ。

「なんでもぉ？」

胡乱《うろん》な目つきのメリム。

「む！　信じてないな、この目は――」

ならば見せてやろう。『自動作成』の効果というものを！


――ステータスオ――――プ――――――ン！　＆　ヘルプぽちー

ぶぅうん……！

※　※　※

スキル【自動機能《オートモード》】ヘルプ起動中……

能力：ＳＰを使用することで、自動的に行動する。

Lv１自動帰還は、ダンジョン、フィールドから必ず自動的に帰還できる。

Lv２自動移動は、ダンジョン、フィールド、街などの一度行った場所まで必ず自動的に移動できる。

Lv３自動資源採取は、一度手にした資源を、必ず自動的に採取できる。

Lv４自動戦闘は、一度戦った相手と、必ず自動的に戦闘できる。

Lv５自動作成は、一度使ったアイテムを、必ず自動的に作成できる。

※　※　※

「どうよ！」

ふふんっ！

びびったか、参ったかー！　そして、リズよ、惚れ直したかぁぁあ！

「え、え～っとぉ……」「あー、その、なんだ……」

クラウスの書いたメモに視線を落としていたメリムとリズが、ゆっくりと顔を上げて互いに見つめあうと、ばつが悪そうにコクリと頷《うなず》く。

「ふふふふん。なんだなんだぁ？　あまりの神々しさに二人とも言葉を失ってしまったか――」

ドヤ顔のまま、片目を開けてチラリと二人を見ると、そこには困った顔のメリム。

「いや。そういうのいいから。……それより、ク、クラウスよぉ。ま、まさかとは思うが、自動でなんかを作成――的な？　そういうスキルか、これ？」

滅茶苦茶言いにくそうな顔のメリム。

「お、メリムにしては冴《さ》えてるじゃねーか！　その通り！　このスキルがあれば、アイテムが自動で作成できるのだー！」

ドヤァ……！

一方、ドヤ顔のクラウスとは対照的に、メリムは困惑の表情のままリズを見て、一つ頷くと、二人分の言葉を代弁するかのように、きっぱりと……。


「……な、なんか地味じゃね？」


なんか地味じゃね？

なんか地味じゃね……？

なんか、地味――――。


「ぐふぅ――！」

その瞬間、何かが心に突き刺さったクラウスがドヤ顔のまま吐血する。

「きゃあああああ!!」「うわぁぁあ！」

き、効いたぜメリム。

「わわわわ！　お、お兄ちゃんが無言で吐血したぁぁあ！」

「衛生兵《メディック》！　衛生兵《メディ〜〜ック》ええ！」

うっせぇ！　衛生兵呼ぶなし！　……つーか、いねぇよ!!

「だ、大丈夫なのお兄ちゃん？　その……、頭とか？」

「お、おう、大丈夫――……って、どういう意味だよ！」

「いや、そのまんまの意味だと思うぞ、つーか、いきなり血ぃ吐くなよ、今日一番ビビったわ」

うるせぇ！　どうせなら、スキルでビビれよ!!

「いや、地味なもんは地味だろ？」

「んだとぉこのぉ！　……まったく、メリムはメリムだなぁ！」

この凄《すご》さがわからんとは、まじメリム！

「どういう意味だよ！」

「……とはいえ、だな。くっ。——じ、実は、俺もちょっとは思っていたともさ——」

「聞けよ！」

ピーピーうるさいメリムを無視して語りだすクラウス。

「……そうさ。だって、いきなりクラフト系だぜ？　もっとこう……Lv4の『自動戦闘』の後にでたんだからさー、『自動殲滅《せんめつ》』とかさー。『自動全滅』とかさー！」

ドッカーンてのを期待するじゃん?!

「自動殲滅……」

「自動全滅……」

微妙な顔の女子ーズに気付かず、ガクゥ……ついに膝から崩れ落ちるクラウス。だって、だって……だってなんだもん。

「だけどさぁ、だけどさぁぁあ！」

これでも、ＳＰ80も使用したんやで?!　アークワイバーン倒して得たもの全部使っちゃった感じやでぇ!!

──おろーん……。

「い、いや、泣くなよ……悪かったって。かっこいい、かっこいい。うん、かっこいい！」

「棒読みやめい！　あと、かっこいい以外の感想ないんかい！」

くっそー。心にもないこと言いやがってよー。

メリムにまで馬鹿にされたぁー……「おーいおいおい……！」と、むせび泣くクラウス。それを見て、ばつの悪そうな顔のメリムと、「あーもう、すぐ泣くんだからー」と、ヨシヨシとクラウスの頭をなでるリズの優しさ。

「うーん。ま、まぁ、便利そうといえば便利……かな？」

「だ、だろぉ!!」

さすがリズ！

助け船を出すリズの一言にガバチョと縋《すが》り付《つ》くクラウス。あーいい匂い。

「なー……ほらぁ、リズはわかってるんだよー。どっかのクソガキとは違ってさー」すりすり
「ムカッ！　そんなに言うなら、なんか作ってみろよー」

「ぬぅぅ！」

小癪《こしゃく》なメリムめ。……言うじゃねーか。

「……い、いいだろう。見せてやろうか──『自動作成』の性能とやらをッ」

リズにくっ付いたまま、ギョルン！　と首だけをメリムに向けて宣言！

そうか、そうか。

そんなに見たいか、【自動機能《オートモード》】の真骨頂を──！

「い、いや。そこまでしてみたいわけじゃ――」

ならば、震えて慄《おのの》け、メリム！

「だから、聞けよ……」

「――ステータス、オープ――――――ン！」

「もう、好きにしろよ……」


ブゥゥゥン！

いつもの空気が震える音とともに、メリムの呆れた顔ごしにスキルが発動するッ!! そこにはなんと――……！

※　※

《作成アイテムを指定してください》
●ポーション類
●スクロール類
●料理
●手工芸類
●家具

●その他

※　※

「ふふんッ！　どうよ!!」

手早くメモに起こしてビシッ！　とメリムに突き付けるクラウス。

「お、おぉー……」

そのメモに顔を突き合わせるメリムとリズが、小さく感嘆の声を上げる。

なにせ、ずらりっと並ぶ選択項目は圧巻だろう。それこそが、スキルで自動的に『作成』できるもののリストなのだ！

「な、なんか凄そうじゃん？」「うわー。料理まであるー！」

そうだろうそうだろう。もっと慄け！

なんとなく、『自動資源採取』を彷彿《ほうふつ》とさせるステータス画面に、クラウスは鼻をふんすふんすと鳴らして、すっごいドヤ顔。

「だろぉ？　伊達《だて》にＳＰ80も使用したわけじゃないぜ。……そして、凄いのは見た目だけじゃないぞ。ん～見ろ！」

●ポーション類　←　ぽちー

ぶわッッッッッ――――!!

その瞬間、ステータス画面にサブウィンドウが表示され、さらにズラ――――――……と、記載されまくるポーション類！　……その数の多さよ――――！

「「おぉぉぉお〜！」」

⇒低級ポーション、中級ポーション、高級《ハイ》ポーション、最上級《エクストラ》ポーション、
低級マナポーション、中級マナポーション、高級マナポーション、低質強化薬、
敏捷上昇剤、筋力増強薬液、視力強化液、魔力上昇香、低級軟膏《なんこう》、
火属性耐性丸薬、アンチポイズン、麻痺《まひ》消しタブレット、
即効性鎮痛剤、興奮剤、気付け薬……etc.

「す、すっげーじゃん……！」

さっきは地味とか言ってたくせに、今になって目をむいたメリム。なにせ、クラウスの書き起こしたメモの数だけでこれだ。正直全部書ききれんわッ！

なにせ、『自動資源採取』のように、過去も現在も含めて、クラウスが使用したことのあるものがすべてッッ!!　そう……すべてがッ！　作成可能となっているのだから。……その数の、まぁ多いこと多いこと……!!

「どーよ」

ふふん！

「お、おう。やるじゃん」

「ふ～ん。もちろん、数だけじゃないぜ。当然名前の通り、自動で作成可能だ！」

「マ、マジか⁉　お、お前錬金術の心得あんの？」

「んなもんあるわけねーだろ」

だが、できるのだ。【自動機能《オートモード》】ならば。

……それでも、常識に照らし合わせるならば、本来、ポーションを作るのは錬金術師の仕事。

……そんなの常識だし、当然、クラウスさんはしがない冒険者にすぎない。

「な、なら！　――んッ」

なおも言いつのろうとするメリムを手で制し、ニヤリと笑うクラウス。

「くっくっく。まぁまぁ、百聞は一見にしかず！　黙って見てろって――」

地味だと馬鹿にされたからには黙っちゃいられないぜ。なので見せてやるわ、ユニークスキルの力をな！

（……とはいえ、メリムには言ってないけど、制約も多いんだよなー。このスキル）

そう。【自動機能《オートモード》】も万能とは言い難いスキルだ。なにより、ほかの【自動機能《オートモード》】のスキル同様に、とんでもない指示を与えると、途方もない時間がかかるのは同じであった。

いくら自動といえども、作るのはクラウス自身なのだから当然だ。……というわけで、ここは材料の揃《そろ》ってる低級ポーションを、とりあえず１個だけお試し用に、作ってみることに。

「まずは、ポーションの種類と、数を指定して――っと、」

ポチッとな――。

「「…………ポチッとな?!」」

ずるっ！

「そこは拾わんでええからッ！」

黙って見とれぃ！

妙なところに引っかかりを覚える女子ーズをサラっと流して、ステータスをポチるクラウス。


……ぴこんっ♪

※　※

《作成アイテム：低級ポーション×１》
⇓作成までにかかる時間「００：００：３８」

※　※

グッ！

ステータス画面を見て、小さくガッツポーズをとるクラウス。思った通り、霧の森で取れる素材で低級ポーションくらいなら十分に作れるらしい。

もちろんポーションの配分も、薬液の作り方も知らないけど、【自動機能《オートモード》】が38秒でできるというのなら、間違いない――今ある手元の素材だけで十分ということだ。

「……よーし、よし。さすが俺。これくらいなら一瞬だし、みてろ～」

「お、おう。見てるけど――」「う、うん。見てるけど……」

めっちゃ不安ー。と顔に書いてあるメリムとリズ。

ま、まぁ……これまでのクラウスの行動を思えば、そんな顔をされても仕方ないと言えば仕方ないのだが――クラウスさんは気にしない。……というか気付いてない！

……なぜなら、クラウスだからっ！

すぅう、

「……【自動機能《オートモード》】――起動ッ！」

くわッ！

突如、眼を見開き、気合十分のクラウス。

なんとなくポーズを決め、見守るメリムとリズの視線を切るようにして、ステータス画面を叩《たた》きつける！

そして、

（行けッ！　俺――）

ブゥウン……！

「……【自動機能《オートモード》】スキルLv5――『自動作成』発動ッ！」

――カッ！

刹那。クラウスの視界が、ぐにゃりと濁ると、いつものように一瞬にして意識が暗転して飛ぶ――。

そして、きっかり38秒後に、フッ……と、意識が戻ったクラウスの目の前には、

「……ど、どうだぁぁあ！」

何度やっても慣れない感覚でありながら、強がって雄たけびを上げるクラウス！

結果は疑うまでもない、そうとも、きっと完成しているはず。そんな確信をもとに、振り返れば目ん玉をまんまるにしたメリムとリズと――……クラウス謹製の低級ポーションが!!

「へへ、この通り完成し――」


――ぬちょ～ん……。


「おりょ？」

な、なにこれ？

ふと目を向けると、そこには異臭を放つナニか。

「え？　なにこれ？」

ぱっと見、どう見ても生ゴミ。

そんな生ゴミがクラウスの手の中に――――。

「い、いや、何って……そりゃこっちのセリフ――」

「う、うん。なんか一心不乱に作り始めたと思ったら……。お、お兄ちゃん。それって――」

「え？　え？　え？　え？　これ……」

まさか、クラウス謹製の低級ポー……。


つーん。


「って、くさッッ！」

うぉえ、何だこの臭い！　思った以上に臭いッ！

「しかも、手ぇ！　俺の手になについてんのこれぇぇ⁉　おぇぇぇ。直接ついてるから、余計に臭いッ！」

「ひぇ！　こ、こっち来んなクラウス！」「きゃー！　お兄ちゃんばっちぃぃい！」

「んなぁぁああ?!」

すごい勢いで飛びのくメリム達に軽いショックを受けつつ、パニックに陥るクラウス。……っていうか、くせぇぇえ！

ついには、物体からの強烈な臭いが周囲に立ち込め、メリムとリズが口元を押さえてクラウスからものすごい距離を取る――。

「って、ちょちょちょちょ！　なんでそんな距離とってんのよ、お前らー！　な～んでぇぇ！」

「いや、おまっ！　マジで言ってんのか？」

「うぅ……お兄ちゃん。そ、それヤバいよ！　生ゴミ、ううん。生ゴミが発酵してる臭いがするぅ！」

「な、な、な、」

生ゴミぃぃいい――?!

鼻を押さえたメリム達が手を向けるクラウスから、さらに逃れようとしてじりじりと……って、ちょ、ちょっとぉぉおお！

（え？　うそ？　俺、低級ポーション作ったよな？　つまり、手の中にあるこれが間違いなく低級ポーション……くさっ！）

くっさぁぁぁああ！

「お、おえぇぇぇ。くっせ！」

我ながら、思わず鼻を覆いたくなる臭い。だけど、覆いたくなるけど、覆うべき手がすでに臭い！

……なぜなら、その強烈な臭いを発しているのは、クラウスの掌《てのひら》の上で緑色の暗黒物質《ダークマター》と化した何かなのだから！

「ぎゃぁぁ！　こ、これどうしたらいい？　これどうしたらいい?!」

いや、そも物質……なのか、これ？

「知るかッ！　って、う、うわわ！　こっち来んなクラウス！」

「きゃー！　お兄ちゃん、どいて、そいつ捨てられないッ！」

な?!

来んなとか、どいてとか、捨ててとか――く、臭いとか――おおおお、お兄ちゃんショックだよ！

「おろろーん！」

「泣くなクラウス！　おえ！　泣き声に乗って臭いがこっちに、おえぇっぇえ！」

メリムが本気で咽ずいている。っていうか、泣き声が臭い！　って、言い過ぎだろうが！　どんな斬新な感想だよ！

つーか、リズちゃ～ん?!　ＹＯＵに至っては、めっちゃ距離とってるしぃぃい――――うぉぉぉおお！　義妹に臭いとか言われたらお兄ちゃん立ち直れないよ――！

「おろろろーん！」

第8話「スキル『自動作成』」

ふきふき。

ひとしきり泣いた後、カオスな状況を改善すべく、お手て拭き拭きのクラウスさん。

「おえ、まだくせぇ」

「そりゃそうだろ。……あ、ハンカチもういらねぇから」

メリムから無理矢理奪ったハンカチを返そうとして固辞されると、しょんぼりしちゃうクラウスさん。

確かに、雑に拭いただけでは、まだ臭いは取れない。つーか、むしろ染みついてしまった感があるが、さっきより幾分ましだ。

……まぁ、鼻が馬鹿になったとも言える。

「いやいや、全然臭い取れてねぇぞクラウス」

「うっせぇな！　しつけぇよ！」

微妙な距離感のまま苦言を呈するメリムに怒鳴り返すも、やはり、ず～ん……と、うなだれるクラウス——だって、お手てが臭いんだもん。

「あ、あはは、まぁまぁ、メリムさんその辺で——……あ、お兄ちゃん、もうちょっと離れてね」

「お、おう。ごめん」

ススス——と、絶妙に距離を空けるリズに軽いショックを受けつつ、頭を抱えるクラウス。

「あっれれ～？」

おっかしいなー。

俺は確かに低級ポーションを作ったはず――……。

「……いや、ポーションってそれ――どうみても」

「う、うん」

渋い顔をした女子二人が、顔を見合わせる。

「ど、どう見てもってなんだよ⁉　どう見えるってんだよ！」

「え？　そ、そりゃあ……」「ねぇ？」

コクコク。

妙に気の合う二人は、息をそろえて言う――。そう。


「「な《ダ》、生ゴミ《ダークマター》……？」」


めぎゃぁぁぁぁああああああん！

な、な、な――。

「なぁぁぁあ、い、言い過ぎだろぉぉぉおおおお！」

雷の直撃でも食らったかのようにクラウスの背中が跳ねる。……まぁ、それくらいショックなわけです。

「いや、そうは言うけどさー」

「うん……」

あたりに立ち込める悪臭。確かにどう見ても、

「ひ、酷《ひど》い！　お兄ちゃん、一生懸命作ったのに！」

——……主に自動でスキルで！

「ひ、酷いって言われてもなぁ」

「う、うん。……っていうか、それって本当にポーションなの？」

ぬぁあ?!

ついに存在まで疑われたクラウスはガーン！　と、劇画調に仰《の》け反《ぞ》ると、そのままサラサラと砂になって消えていきそうになる。

「く……！　ば、ばかな！」

まさか、メリムごときに疑われるなんて——。

「聞こえてるぞー」

そして、最近は絶対の自信をもってきた【自動機能《オートモード》】がなんてことに——。

否ッ！

「あ、ああ見えて、きっと、たぶん、おそらく、れっきとした低級ポーションだよ！」

「えー。でもさっき作ったのって、どう見ても生ゴミだったじゃん」

うっさいな、メリム！　お前にポーションのなにがわかる——。

「じゃー飲んでみろよ」

「ぐ……！」

メ、メリムの奴《やつ》……。

ジト目のメリムににらまれるクラウスは、ハンカチに染みた暗黒物質を繁々《しげしげ》と——って、くさッッ！　め、目に染みる臭いだわ、これ！

「ほーらみろ。ただの失敗作じゃん」

「ぬぅぅぅう！　失敗じゃねぇ！　じ、【自動機能《オートモード》】は俺を裏切らねぇんだよ！」

ふーふーふー！

「き、きっと、見た目は悪いが——性能はぁぁああ！」

……そうだよ。良薬口に苦しっていうじゃん？

そして、口に苦いならきっと鼻に臭し——みたいな？

「……僕は試さないぞ」

「わ、私もちょっと……」

「く！」

——わ、わかっとるわぁ!!　ならば、

「自ら、実践あるのみ!!」

ふんっ！

指をサクッとナイフで傷つけるクラウス。

ぶしゅぅぅう!!

「きゃあ?!」

「うわっ！　何してんだお前——!!」

やかましい！　自分の体に聞くんだよぉぉお‼　……って、いってぇぇええ⁈　ふ、深く切り過ぎたぁぁぁあ！

「おわわわ、血、血ィがすげーぞ、お前！」

「あわわわわ、救急セット救急セットぉぉ！」

ドクドク溢《あふ》れる血に、リズが慌てて救急セットを取り出して包帯を巻こうとする。

……って、それじゃ意味ないから！

つーか、準備いいね、リズさ〜ん！

慌てて止血しようとしたリズの助けを振りほどいたクラウスは、件《くだん》の暗黒物質の浸み込んだハンカチをギィリリと傷に向かって絞ると、合わせて、残りは一気にドリ――――ンク……………………！

「ぶっほぉぉぉぉおおおおお！」

「きゃあ⁉」「ぎゃぁぁぁぁあああ⁈」

……だが、意気込みだけで味変できるはずもなし。

つーか、くせぇっぇえええ！　そして、ま、ま、ま、まっずぅぅぅぅううう‼

「――お、おぇぇぇえええ‼」

生臭ぇぇぇえ！　青臭ぇぇえええええええ‼　口も鼻も、臭ぇぇぇええ！

そして、

「ひたすら、まずぅぅぅううういいい――――!!」

おろろろろろろろろろろろろ――――!

「ひぃぃ!」「きゃぁっぁあああ!」

あーあーあーあー。もはや修羅場になり果てた霧の森にて、3人の悲鳴が響き渡る。

しかし、ポーション(?)の効果が気になるクラウスは、悲鳴を上げる女子二人を尻目に、深く切った傷口を見る。

すると、

「お、おぉぉ……!」

シュワァァァアアア――♪

「ほ、ほら――!! ほら見ろッ! ほら、見ろって、二人とも!! み、みるみるうちに、傷が……!」

結構ざっくり切ったはずのそれがみるみるウチに塞がっていく。

これは、どう見ても低級ポーションと同じ性能……いや、それ以上だ!

「ど、どうだ! ちょっと見た目が悪いけど……まごうことなき、低級ぽーしょ………あれ? リ、リズさん? メリムさん⁉」

ぷるぷるぷる……。

口から緑色の汁を垂らしたクラウスが、青い顔でドヤ顔をして見せるも、なぜかメリムもリズも下を向いて震えている。

「ど、どーしたん、二人とも――っていうか、頭の所々が緑色してね? え、何それ――……くさっ」

って、

『お、お、お、お、』

……お？

「お前がぶっかけたんだろうがぁっぁあああああ！」

「お兄ちゃんのばか――――――！」

バッチィィイイイイイイン!!

「うぎゃあああああああああああああ!!」

二人の渾身《こんしん》の一撃を食らったクラウスはグルングルンッと3回転ほどしてから地面に突っ伏す……。

「ぐふ……」

クラウス・ノルドール。

低級ポーションを作成するも、あまりのまずさに、盛大に吐き出し、少女たちにぶっかけてしまったとかなんとか……。

そして、見事散る……。チ～ン♪

「ふん！　そのポーションで治せよ、ばーか！」

「最ッ低！」

※　※

「いててて……」

あーくそ、骨折れてるんじゃねーのか、これ？

「大げさだっつの、バーカ。ポーションで治せばいいんじゃねーのー」

「ふん！　自業自得よ。痛いならポーション飲むぅ？　自家製のぉ」

うぐ……。メ、メンゴメンゴ。あと、あのポーションは二度と飲みません——。

「だ、だけど、ほら——これで『自動作成』の凄《すご》さがわかっただろ？」

「『全然っ！』」

……で、ですよねー。

両頬に、なぜか手形がついたクラウスが首を傾《かし》げる。

う〜む、おかしい。新【自動機能《オートモード》】の効果を見せれば、「きゃー！　お兄ちゃんかっこいー！　抱いてー……ってなるはずだったのに。

「いや、おかしいのはお前の頭だっつーの！」

「っていうか、抱かれませんッ！」

「——……はい、さーせん」

ぷりぷり怒ったメリムが、頭をタオルで拭いている。ちなみにリズの頭は現在進行形でクラウスがワシャワシャと拭いてやっている最中だ。

「まったくもー。お兄ちゃんの頭がアレなのは知ってるけどさー」

アレってなんだよ、アレってのはよー!!

「『アレはアレ！』」

むぐぐ……女子ーズ連合軍に総スカンを食らうクラウスはガックシとうなだれる。『自動作成』の凄さを見せつけるつもりが、逆にここまで馬鹿にされるとは――……。

本当だったら、ここはこう――みんなびっくり。キャー素敵！　の流れになるんじゃないのか？と小一時間ほど強調したい！

「いや、ならねぇよ！　ったく……」

ガシガシと頭を掻《か》いたメリムがいう。

「で、結局、使えそうなのかそのスキルは？」

「う、うーん……」

微妙――。

「お前が自信ないんかーい！」

いや、だってさ……。メリムのツッコミに苦笑いのクラウス。

正直自分でも、なんとなくわかってはいたのだ。

「まぁ、その――なんだ。店で買ったほうがよくね？　って……」

ずるぅ！　――ズッコケる女子二人。

「い、いやいや、お前が言っちゃぁ――おしめぇよ！」

「そ、そうだよ。ほかにも色々できそうじゃない？　……お料理とか」

いや。

「リズが作った方が絶対旨《うま》いだろ？」

「……きゃぁ、そ、そんな～！　義妹《いもうと》の手料理最高ーだなんてー」

いや、そこまでは言ってないけど――……まぁ、控えめに言って最高だからまぁいいか。

テレテレのリズにニヤニヤのクラウス。

「……ちっ。イチャイチャしてんじゃねーぞ。……と、まぁ、料理は僕も認めるところだけど。それはさておき、ほかにもなんかあんだろ――こう、店売りより効率いいものがさ」

「う～ん……あるか、そんなもん？」

実際、これ以外にも試したことのあるクラウス。

もちろん、低級ポーション以外にも、高級《ハイ》ポーションや、料理にもトライしてみた。

結果はまぁ……言わずもがな。料理の見た目は割と完璧だけど、味はリズのそれとは随分異なるし、なんか一味違う。高級ポーションに至っては、合計作成時間が約20時間とほぼ丸一日……。そりゃ、買った方が安いわ。

しかも、一度作り始めたら、完成するまでは自動で動きっぱなしだ。そのうえ、素材が手元にない時は、遠くまで採りに行く計算込み――……下手をすれば完成した時点で、モンスターの巣の中にいた――なんてことも起こりかねない。

「なんだよ。じゃー全然使えないじゃん」

「ぐぅ……」

メリムの言葉にぐうの音も出ないクラウス。だけど、

「まぁまぁ、お兄ちゃんのスキルに無駄なものはないって、私は知ってるよ？　――それにLv１の頃からお兄ちゃんのスキル《自動機能》好きだよ」

「リ、リズ……」

じ～ん。心にしみるリズの温かい言葉。そんな愛する義妹の傍《そば》に必ず帰れる『自動帰還』は最高だぜッ――――！

「う。……ま、まぁ、確かに、お前のユニークスキルは規格外だしなー」

アークワイバーン戦を間近で見ていたメリムも、なんだかんだで一応肯定はしてくれた。

「だけど……確かに、今のままだと微妙なのは事実だよね？」

「おっふ」

上げて下げるリズ先生。だが、彼女の言うことは、至極もっともだ。ポーション程度の安物を時間をかけてまで自作するほど時間の無駄はない。それくらいなら、本当に店売りの物のほうがいいだろう。

最終的にガックリとうなだれるクラウスであったが、ふとリズが提案をする。

「んー……。じゃあ、もっと凄いの作れないの？」

え？　凄いのって……？

「なんだよ、凄いのって？　――リズ、欲しいものでもあるのかよー？」

「いや、欲しいものっていうか――必要なものっていうか、」

「お！　なんだあるのか？　任せろッ！　リズの欲しいものなら、なんだって――――」

「じゃ、じゃ～……」

メリムの問いかけに「う～ん」と指を口に当てながらリズがおずおずと言う。

「おう！　ドンとこいッ」

薬か？　それとも化粧品？　料理だって作れちゃうぞー。なんたって『自動作成』だからなー!!

はーっはっはっは！

「なんでも言ってみ――――……」

「――家」

うん、家な。

「おうおう、家な。家くらい任せとけ――――」

って、家ぇぇえええええええ?!

ズベシッ！　と地面にめり込むようにズッコケるクラウス。いたたた……。

「リズぅ。ス、スケ――――ルが……スケールがでか―――――――い!!」

いくらなんでも無理だろぉ！

「えー。でも、今欲しいのは家くらいかな〜って」

「そ、そりゃ必要だけどぉぉお!!　家ってアイテムとちゃうやろー！」

「ぶ、ぶはははははは！　その通りだ！　さすがにクラウスでもそりゃ無理だぜぇ。そんなのできたら大工になれちまうよー」

――うるせぇ!!

ゲラゲラ笑うメリムを見て、クラウス地団太。……リズも「あははー冗談だよぉ」と言っている。

「くそー。皆しておちょくりやがってー」

メリムに笑われたままというのは業腹だが、無理なものは無理だわな。

いくら【自動機能《オートモード》】が規格外だからって、さすがに家は――――……。

「……うん。家は――――」

「ん？」「どした、クラウス？」

いや、その……。

「家か――――」

家、
　家、
　　家、
　　　家――……は、無理だったよな⁇

チラリッ。

中空に浮かぶステータス画面に視線を走らせるクラウス。ま、まぁ念のため。確認するくらいはありかな？　そう、念のため、念のため……ね。

――そ～っと、

（ポチッとな～……）

ブゥウゥン！
※　※

《作成アイテムを指定してください》
●ポーション類
●スクロール類
●料理
●手工芸類
●家具
●その他　↑　ぽちー

※　※

ぶわっ――――‼

⇓荷車、ランプ、ロバ用の鼻輪、風呂桶《ふろおけ》、井戸の滑車、爪切り、羽ペン、カンテラ、防毒マスク、マスク用フィルター、冒険者認識票のリング、つるはし、スコップ、刷毛《はけ》、ポーションの瓶、洗濯ばさみ、ノルドール家、魔光石ライト、砥石《といし》、皮なめし台、レンガ、水筒、火打石、飯盒《はんごう》、看板、コルク栓、手動ポンプ……etc.

（うわっ！　――思った以上に、多ッ‼）
選択した瞬間、あまりの品数に仰け反るクラウス。

ステータス画面には無数の小ウィンドウが表示され、そんでもって、あるわあるわ、これまでに使ったことのあるアイテムがズラ〜〜〜〜リと——。

そりゃそうか。今までに使った品々で、その他のカテゴリって言ったら相当な数になるだろう。

……っていうか、なんだこれ？　荷車とか、ロバ用の鼻輪とかって——……あれか？　ギルドでレンタルしたあれか⁇

ほかにもあるわあるわ。「カンテラ」とか「羽ペン」とか、確かに、家具とも、なんとも言えないカテゴリーのものがわんさわんさと——。もう、あるわあるわ。スコップ、刷毛に、ポーションの瓶まで！　そんでもって洗濯ばさみに、ハルドール家——って、家まであるとは驚き…………って、

「…………家、あるやん」

第9話「家をつくろうッ！」

「いや……あるやん」

「へ？　……どうしたのお兄ちゃん？」

「ん？　どうしたクラウス？　『ある』ってなにがあったんだ？」

いつになく真剣——というか、顔をひきつらせたクラウス。その様子を訝《いぶか》しむメリム達。

「い、いや、その……」

な、何と言っていいのか、その——。

……ぴこんっ♪

※　※

《作成アイテム：ノルドール家×１》

⇓作成までにかかる時間「１０５３：４８：５５」

※　※

「家、ありました」

あ、はい。

……ありましたわ、家。

リズの要望通りの家こと、ノルドール家が普通に、ね。

ありまして、ね。

「ふ～ん、家あったんだ」

「へー、家つくれるのか、すげーなクラウス」

「おう」

――おっふ。

しかも、なんだこれ。

製作時間、１０５３時間て――おまっ。こんなん前代未聞の数字やで？　つーか、マジで１０５３時間で家作れちゃうの？　こわっ…………………！

……つーか、家？

「…………？」

「…………？」

「…………？」

い、家？

家って、あの家――――。

「「「え？」」」

ジッと顔を見合わせる３人――――――……からのー。

「「え？　………絵？」」

いや、絵じゃねぇ！

いえ、イーエー！　家、ハウス！　ＧＯ　ＨＯＭＥ！　――……つーか、はもるな、二人して!!

「え、嘘《うそ》？　家って、クラウス、お前のあの家か？」

あの家って、どの家だよ……。多分、その家だよ！

「ほ、ホントに？　い、家って――お家《うち》？　私とお兄ちゃんの愛の巣？」

「おう……。家だ。まごうことなき、お家だ」

あと……『愛の巣』言うなし。なんか、やらしいやんけ！

「う、うそぉ……！　じょ、冗談だったのにー！　もー冗談でしょーあはははは」

リズさん、マジでびっくり。まぁ、クラウスも実はかなりびっくり。

「う～む……冗談ならいいんだけど、マジであるわ。１０５３時間かかるって出てるわー」

「なんか、微妙に現実的な数字で逆にリアリティ増すじゃねーかよ。……え？　マジの話？　――それじゃ、クラウス大工じゃん」

だから、そー言ってんだろ！　つーか、メリム、語彙力《ごいりょく》なさ過ぎだぞ――あと、俺の本職は冒険者だからな。勝手に転職させるなし！

……しーん。

いや、沈黙すんなや！　女子二人の視線が怖くて、クラウスさんゾクゾクしちゃうやろがいー。

しかし、ジトジト目がとまらなぃ～。

「「……【自動機能《オートモード》】で？」」

「い、いえす」

「「自動で作れちゃう？」」

「お、おふこーす」

「「り、りありぃ？」」

「リアリィ」

…………。

……。

「「ええええええええええええええええええええええええ?!」」

メギャーーーーン！　と仰《の》け反《ぞ》る二人。クラウスもその大音声だけで、髪がオールバックになって引きつらんばかりだ。

つーか、うっさいうっさい！　あーもー！

「そうだって言ってんだろ」

「「家えええええええええええええええええええええええ?!」」

いや、だから……うっさい。さっきからそう言ってるやん！

むしろ、クラウスさんが一番驚いてるよぉぉおおお！　……つーか、マジでどうなってんだよ、【自動機能《オートモード》】ッ！

「つーか、マジでどうなってんだよ、お前の【自動機能《オートモード》】!!」

「俺も驚いてるっつーの！　しかも、それ俺のセリフぅ！」

メリムにセリフを取られたが、実際その通りだ。……もはや、いかれてるとか、ぶっ飛んでるとかのレベルじゃねーぞ。

……そもそも、「ノルドール家」ってアイテム扱いなん⁇

そこんとこ知りた――――いッ！

クラウスの声にならない声が霧の森に響き渡ったとかなんとか……。

※　※

それから小一時間後。

たっぷり休憩という名の検証を終えたクラウス一行。

まさか、【自動機能《オートモード》】で『家』まで作れちゃうことに慄《おのの》いたものの、さすがにこればかりは見送られた。

……なにせ、１０５３時間も自動で動くのはさすがに嫌だ。クラウス的には体感時間は一瞬だが、眼を閉じて開けたら44日も経過していたとか恐怖でしかない。

しかも、さっきの生ゴミポーションのこともあるし、【自動機能《オートモード》】がどこまで再建してくれるのか保証がない。いざ実施して完成してみても、人の住むことのできない家になってしまえば目も当てられない始末だろう——。

「でも、１００時間くらいならやってみてもよかったよねー」

「やめて……。俺の１００時間を実験で使わないで——」

リズ的には１００時間、義兄が白目をむいて動き回るのはありらしい……。

「ま、結局は地道が一番ってことだろうぜー」

ニヒヒッ、といやらしく笑うメリム。

一番地道と縁が遠そうなメリムに言われるとなんか腹立つなー……つーか、

「そうなると、バイトのメリムちゃん。お前の負担増えるからね——」

「おう、任せとけ——って、うぉぉぉおおい！　なんでそうなるんだよ！」

いや、だって、皆でお家再建中じゃん？

そして、メリムちゃんは居候じゃん？

「ぐ！　家もないのに居候いうなしッ！」

「飯から宿まで世話になってるやつのセリフじゃねーぞ……ったく」

ほれ。

ポイッと、空の袋を数枚メリムに投げ渡す。

「わぷっ！　な、なんだよこれ？」

「バイトだろ、バイト——。休憩は終わったし、さっさとキリモリ草とゴブリンの素材回収しとけよ。俺らは先に帰るからなー」

「あ、そうだね。お夕飯の準備もあるし、そろそろ帰ろっか」

「ん？　あー、もうそんな時間？　オッケーオッケー、素材回収なー。任せろ――――って、ちょぉぉぉおおおお！」

　ぐわしっ！

　笑顔でブンブン手を振っていたメリムが、高速でクラウスの腰にしがみつく。

「なんだよ、おい。離せバイト」

「て、てめぇこら！　何シレっと全部僕に任せて帰ろうとしてんだよ！　つーか、仲いいなお前ら！　手ぇ繋《つな》ぎやがってー」

　ひとり、メリムがピーピーと騒ぐのを尻目に、邪魔者はほっておいて、手を繋いで帰るクラウス兄妹《きょうだい》。

　ニコッ。

「こ、こわぁ!!　なんなん、二人のその笑顔ぉ！」

　うるさいなー。

「お前はバイトだろ、バイトくん。それ持ってきてくれたら今日はあがりでいいぞー」

「あ、あがりって……」

　振り返って途方に暮れるメリム。

「こ、これ、僕一人でぇ？」

　大量のドロップ品に、モンスターの装備品や討伐証明部位。それにクラウスがまき散らした悪臭を放つ液体……。

　え、ええー……。マジかよぉ。マジで一人でぇ？

「……っていうか、待てよぉ！　あ、あがりも何も僕帰る場所、お前んチなんだけどぉ！」

　なんだけどぉ！

　　……だけどぉ！

　　　……………どー！

　しかし、霧の森にこだまするメリムの叫び声はクラウスにもリズにも、誰にも彼にも気付かれることなく、静かに森の奥へと染み入るのであった。

「ブルシット《ド畜生》！」

　マ、マジで帰りやがった！

「信じらんねぇ！　く、くそぅ！　ちょ、ちょっとまーてーよー！　おおおおお、おいてくなよ!!　っていうか、マジでこの辺の荷物どーすんだよぉ！　僕だけに持たせる気かぁ！」

　しかし、悲しいかな。

　慣れた足取りでリズをエスコートするクラウスの姿はとっくに小さくなりにけり。

　そして、メリムの悲しい叫び声だけが霧の森にこだましたとかなんとか——。

「って、なんとかじゃねーよ！　なんとかじゃぁ！　くっそぉ～！」

　やればいいんだろ、やればぁ！

「もー！　マジでおいてくなよぉ、クラウスー、リズー！」

　タオルを地面に叩《たた》きつけ、プリプリ怒るメリムが一人。慌てて素材を袋に詰め込むと、今度は山のような荷物を担ぎながら、律儀に全てのアイテムを回収して霧の森をあとにするのだった。

――しーん。

そうして、こうして、姦《かしま》しい声が消えたころを見計らって、森の奥から、彼ら3人をじっと見つめる影がひとつ――。

「……やっぱり」

誰にも気付かれることなく、ニヤリと笑う影がひとつ。

それは、クラウス――そして、特にリズの姿を強烈に目に焼き付け、今度こそ、全ての気配が消えた霧の森を音もなくあとにするのであった……。

第10話「自動機能：新能力アンロック」

「……で、この量ですか？」

「え？　あ、あー……そのぉ」

ギロッと、鋭い目を向けるのは、臨時ギルドのカウンターならぬ折り畳みの長机でふんぞり返っているテリーヌさん。

その目の前には山のように積みあがったドロップ品……。

「ご、ごめんなさい……」

「あら？　あなたが妹さんね！　何度か町で見かけたことがあるけど、こうしてお話しするのは初めてね——当ギルドの筆頭職員のテリーヌと申します」

クラウスの背中に隠れて、ちょこんと頭を下げるリズに気付いたのか、唐突にコロリと態度を変えるクソ受付嬢——ゴキィ!!

「うぎぎぎ……なんで殴ったんですか？」

「え？　お兄ちゃんを、殴った……？」

リズに気付かれないように、瞬速で殴ってくるテリーヌさんに涙目を向けるクラウス。

「んー殴ってませんよー、気のせいですよー。……むしろ、クラウスてめぇ、なんでわからないのか、奥でちょ～っと話しますぅ？」

ぎぃ……。

奥の半壊した部屋の扉がひとりでに開き、なにやら妙なオーラ……。

「ＣＯＭＥ――……」「さ、さーせん!!」

「うむ。わかればよろしい。――たびたび説明するのもアレなんですが、妹さんがいらっしゃるしね」

皆まで言わせずに、ここは素直に謝罪！　なんか、ギルドマスターの部屋のほうから「チッ！」とか舌打ちが聞こえた気がするが気のせいだろう。

「……こほん。それでは――」

小さく咳払《せきばら》いしたテリーヌは改めてリズに向き直ると、

「リズさん、でしたよね？　えっと、申し上げにくいんですが、キリモリ草のクエストは基本、下級冒険者さん用のクエストなんです。もちろん、等級以下のクエストを受けてはいけないということはありませんが――」

チラリ

「中級の方の手を借りて、大量にクエストアイテムを取ってくるというのは、その」

「あ……そっか、その――ご、ごめんなさい」

何かを察したのか、ペコリと素直に頭を下げるリズ。

「ん、え？　あ、ええ。わかっていただければ――って、えええええ？」

あまりにも素直に謝罪されたせいかテリーヌさん、びっくり。

「ほ、本当に兄妹《きょうだい》?!」

「…………どういう意味ですか?!」

「そういうとこよ」

え、えぇ～……。

「お兄ちゃん……！　もー、ちゃんとごめんなさいしてよ！　……ほらぁ、こういうのって、冒険者言葉で『荒らし』っていうんでしょ？　お兄ちゃんのやったことってそれだよ」

「あ……」

そ、そうか。言われてみればそうなるな……。

いくらスキルの検証をかねていたとはいえ、ドロップ品を持ち帰ったのだから言い訳もできない。……どうやら、やり過ぎたらしい。

「……まぁ、今回は説明不足のこちらにも落ち度はありますし——なにより、妹さんの今後の進路を考えてのことでしたので大目に見ましょう。……ただ査定には色は付けられませんよ？」

「え？　えぇ。それはもちろん——え？」

……進路？

「はい？　……妹さんの下級登録のためのレクチャーのために、クエストを受注したんでしょ？」

「…………は？」

何言ってんだコイツって目を向けられるクラウス。だけど、テリーヌさんの言ってることがわからない。っていうか、

「リズは下級登録しませんよ？」

「え？」「え？」「え？」

…………え？

な、なに？

なんなんこの反応？

「なんなんこの反応――」

あ、口に出しちゃった。

「え、え～っと、クラウスさん？　じゃ、じゃあ、なんで妹さん名義でクエストを受注したのですか？」

「へ？　そりゃー……スキル検――」ぱんっ！

――っと！　あっぶねー!!

さりげなくメリムがクラウスの口を押さえてナイスフォロー。さ、さんきゅメリム。

「ん。んん？　ス、スキル検……。え？　まさか――」

ノンッ！

「ノ、ノンノン!!　ち、ちちちち、違いますよーテリーヌさぁん。そ、そのぉ！　え、えへへ、えへへ！　実は、俺の仕事っぷりをリズに見せてやろうと――」

……………………ニコッ。

あ、やばい――……テリーヌスマイルが出たー。

「うふふー。……つまりぃ、そのぉ、なんていうかぁ――妹さんにいいかっこ見せるために、町を再建中のこのクッソ忙しいさなか、くっそ安い仕事を、中級冒険者にもかかわらず、妹さんの名前を利用して受注して、あまつさえ、ギルドでもさばききれない量の薬草を採って来たと……？」

「い、いえす」

——お、おっふ。確かに、説明するとそうなんだけどぉ！　肝心なところを省《はぶ》くとそうなんだけどぉぉおおお！

テリーヌさんの目ぇが怖ーい！

「にこっ」

「ニ、ニコッ」

クラウスとテリーヌがしばし見つめあい——…………。

えへへ、ここは笑って誤魔化し——。

「奥へ」「あ、はい」

ですよねー。

有無を言わせぬ態度で、ずるずると引きずられていくのであった——って、

「え、えぇー。なんなんだよ、この流れはー。苦労して運んだ僕はどうしたらいいんだよ」

「え？　え？　これどういう状況？」

汗だくでギルドのソファーに沈んでいたメリムがゆらりと起き上がるも、クラウスはすでにギルドマスターの部屋に引きずり込まれる寸前であった。

リズに至っては事態についていけてもない——。

「……あー。まぁ、あれだ。よくあることってやつだ」

「そ、そうなの？」

「おう、だから気にすんなリズ。――それより、おーい、クラウス、僕の取り分は持っていくからなー」

子牛のように引きずられていくクラウスを見送るメリム。

「――そ、その前に助けろ、あ――――――――」

……がちゃ～ん！

リズとメリムの前であれよあれよという間に連行されてしまったクラウスなのであった。

そして、

「えーっと……」

「うん？　……大丈夫大丈夫。取って食われやしないよ。……多分な。それより、素材換金して、ジュースでも飲もうぜ。リズは奥の酒場で――……って、あー。酒場には荒くれ者がいるから、やめとくか。……うん、装備レンタル屋で待っててくれな」

「え？　あ。う、うん」

残された二人は、とりあえず、クラウスが出てくるまでの時間を潰すことにしたのだった――。

※　※

「……クラウスさん――アナタって人は、まったくもー」

例によって例のごとく、ギルド奥の半壊したギルドマスターの部屋に通されたクラウス。そこには、いつもながら上品な初老の女性――サラザールが頭を抱えつつも、ソファーに浅く腰かけ、お茶をズズッと啜《すす》っていた。

「す、すいません……」

そしてシューンとしたクラウス。

等級下のクエストを受けることが行儀が悪いことは当然知っていたし、今さらながら、リズのクエスト検証に夢中になったせいで取り過ぎたことにも気付いた。

「ま、反省しているならいいわ。……それよりも、可愛《かわい》い子じゃない」

「へ？　可愛い？　……あ、リズですか？　え、えへへ、そうでしょ」

リズの可愛さに気付くとは慧眼《けいがん》だなこの婆さん――。

いや、そうじゃないな。リズは超可愛いから気付くも何も――。

「メリムちゃんのことよ？」

「奴《やつ》はガキだ」

即答。

「ん……。んん～。ま、まぁ、いいわ――そう。妹さんはリズちゃんというのね。うふふ、自慢の妹さんのことは聞いてたけど、とても可愛くて、優秀なようね」

「へ、へへへ！　そうでしょー。かっわいいんですよ、うちのリズはぁ」うへへー

そうそう。やっぱりリズの可愛さは万人にわかるんだよなー。

締まりのない顔で笑うクラウスに若干引いているテリーヌ＆サラザール――。

「……で、どうしてあの子を連れて『霧に森』に？」

「え」――どきィっ。

リズを褒められたのをいいことに、自然とお茶に伸びていた手がぴしりと硬直する。

「え、あー、うー……」

「仕事ぶりを見せるとか、そういう言い訳はいいのよ？」

や、やっべぇ……。これ、気付かれてる？

いや、でも——慎重に慎重を重ねてわざわざ森の中で試したんだし……もしかして、カマをかけられてるパターンかも？

「んー。クラウスさんのスキルがユニークスキルなのは知ってるわ？　なら、もしかして妹さんも——」

「あ、あははは！　あははは！　ま、ままま、まーさかー！　そんな偶然あるわけないじゃないっすかー」

あは、あは、あははー！

笑え、笑って誤魔化せ、クラウス・ノルド————ル！

「にこ」

「ニコ」

茶を出してくれたテリーヌが笑う。正面のサラザールもニコニコ笑う。

あは、あははー！　女性二人に微笑《ほほえ》みかけられて、ぼかぁ、幸せだなぁ——。

「…………すんません、勘弁してください」

ダメだ。隠し通せる気がしない！　ここはなんとか穏便に——できれば、スカウトとかの耳に入らないように——……。

「ぷっ」

「ふふふふふふふふふ」

あははははははははは！

……へ？

突然笑い出した二人に、クラウスは目を点にする。

お、おかしなこと言ったっけ？　と――。

「冗談よ、冗談！　ごめんなさいね。クラウスさんがあんまり必死なものだから、ちょ～っと意地悪しただけなの」

「うふふ。霧の森のクエストの件もありましたからね、ちょっとお灸《きゅう》を据えるつもりで、悪乗りしちゃったわ。ごめんなさいね、クラウスさん」

へ？　へぇぇぇえ?!

何でもないように言うサラザールとテリーヌ。

「じゃ、じゃーリズのこととかは」

どきどき。

「うん？　別になんでもいいわよ。私達《ギルド》が気にしたって、あなたは内緒にしたいみたいだし、ね」

「そうですね。……なにより、あくまでも自己申告の世界。申告したほうが色々と有利なこともありますが、スキルは冒険者の切り札ですから」

そう言ってあっけらかんとしたサラザール達。どうやら、からかわれたらしい――。

「な、なんなんですか、もー」

びっくりしたなー。

「ふふ、驚かせてごめんなさい。それよりも、要件は別にあってね――」

スッ。

差し出されたのは一枚の紙。……どうやら、なにかの手配書のようだが――って、

「……こ、これ？　ゲイン?!」

思わず摑《つか》み取ったその紙には、見覚えのある人相書き。

「ええ、あの件について、正式な調査が済んだところ。……そのうえで、重要参考人としてゲイン・カッシュが指名手配されたわ――容疑は未定なのが、王都も混乱している証拠だけどね」

羊皮紙にはデカデカとゲインの似顔絵。ほかにも、関係者数名――。

「どうも、うまく逃げおおせたのか――財団が手を回したのかわからないけど、いまだ行方不明よ。……もっとも、」

キランッ！　メガネを光らせるサラザール。

「……おおよその目星はついているけどね――で、本題なんだけど、このことを教えるほかに、」

わざわざゲインのことを教えてくれたサラザールには頭が下がる思いだ。そして、そう思ったのもつかの間、今度は、コトリ――と、硬質な音と共に箱を取り出すサラザール。

「え？　な、なんですかこれ？」

思わず警戒するクラウス。

「いや、なんで思わず警戒しちゃってるんですか」

呆《あき》れたようなテリーヌの声もなんのその。だって、心当たりが多過ぎて――……と。いやいや、

その前にまずは、お茶お茶。

入室前から余計なこと言われたせいで喉がカラカラ――。

「ふふ、前回のアークワイバーン討伐の功績を認め、あなたの昇給が認められたわ。試験なしでBランクよ。おめでとう。……そして、報酬なんだけど、これはもう少し待ってね。今王都の方でも色々検討中らしいわ。まぁ、少なく見積もっても白金貨相当は期待していいわよ。――あと、まずは手付金というわけじゃないけど、これはアークワイバーン素材の買い取りの一部よ。いい買い手がついたの。とりあえず、金貨１０００枚」

カパッ。

乾いた音とともに開けられた箱の中には、ぎっしり詰まった金貨が１０００枚――。

へー。きんかせんまいかー。

「――ごくごく」


ぶほぉぉぉぉおおおおおおおおおおお！


「ぎゃぁぁぁああああああ――あっつぅぅう！」

「あらよっと！」

おえええええええ
「ぶほっ、ごほっ、おえ！　……って。せ、せ、せ、せ、１０００枚ぃぃぃぃいいいい⁈」

し、しかも。いま昇給って言った⁇

「び、び、び、びーらんくううう？　え？　俺、Ｂランク⁈　しかも、いきなり昇給っすか⁈　え？　俺が⁇　……え、しかも——し、し、し、白金貨ぁぁぁぁあ⁈」

え、え、え、ええええええええ⁈

白金貨って、えーっとぉぉ……。

金貨１００枚で大金貨１枚で……。

大金貨１００枚で白金貨１枚——。

ってことは、ひーふーみー……。

「……………………き、金貨１００００枚分⁈」

ふぁぁぁぁあああああああ‼

いきなりのことで、頭が真っ白になるクラウスさん。だって、金貨１万枚だよ！　１万枚‼　１００００枚も凄いけど、その10倍はもっと、すごぉぉぉおいん♡

「ううう、うそぉぉぉぉぉおおおおおおおおおおおおおん……⁈」

マジでぇぇ⁈　本気とかいてマジぇぇぇぇえ⁈

「えーえー。嘘《うそ》でもないし、マジですよぉ……っていうかー、クラウスてめぇ……」

ぷるぷるぷる。

……え？

「ど、どうしたんですかテリーヌさん？　急に上着脱いで——……ぎ。ギルドマスターの見てる前で大胆っ」……きゃ♪

「——何・が・大胆、きゃ♪……じゃボケぇぇぇぇぇぇえ！　人様に茶ぁ、ぶっかけといて詫《わ》びもなしかぁぁぁあ！　ごらぁぁぁあ！」

　大胆パンチぶちかましてやろうかぁぁぁぁぁぁあああ！

「ひょぇぇぇええ！」

　ああああああああ！　し、しまったぁー、ふ、ふ、ふ、不可抗力ですって!!

「そんまっせぇぇぇぇぇええええん!!」

　ジャンピング高速土下座でなんとか事なきを得るクラウスがいたとかなんとか……。ちなみに、サラザールは予期していたのか、ちゃっかりお盆でガードしていた。

　ずずー
「やれやれ……」

第11話「錬金ギルド」

その頃――。

わいわい、がやがや。

ギルドの素材換金所にリズと並んで立つメリム。

ひょこ

「おーい、誰かいるかー?」

いつもの素材換金屋を呼び出すメリム。ここもアークワイバーンの戦闘の余波でボロボロなので、見ての通り臨時だ。長テーブルにメモ帖《ちょう》だけの簡素なつくり。

「はいよ。……お、メリムの坊主か。クラウスのお使いか?」

「はぁっぁあ?! ち、ちがわい!! 人をクラウスの手下みたいに言うな!!」

え? 違うのか?――という目をリズに向ける素材換金屋。

「あ、あはは――ど、どうなんでしょうねー……」

あはは。

――リズはあいまいに笑うしかできない。……だって、否定できないもん。

「ったくよー。……まぁ、クラウスに頼まれてきたんだけどよー」

「いや、おまえ。……それを、お使いっていうんだぜ。まぁいい。素材換金だな? 見せてみな」

手早く梱包《こんぽう》を解き、てきぱきと素材を鑑定していく素材換金屋。

「ほ！　ゴブリンの武器防具に、色付き魔石が少々――って、これは、お前……」

魔物素材の次に出された袋の山が、ド――――ン！　と、出現し、呆《あき》れ顔の素材換金屋。

なにせ、山のように積もったキリモリ草だ。そして、少々お高い薬草の小山さん。

「お、おいおい。な、何だこの量は……。おまえ、ギルド市場を崩壊させる気か？」

「え？　そんなにかぁ？」

いまいちピンと来ていないメリム――。

どうやら、そんなにらしい。素材換金屋の苦笑いに、リズも苦笑で返す。

「メリムよぉ……。お前さんは魔術師だ。なら、ちったぁ学があるんだろ？　そのいい頭で市場原理を考えればわかるだろうが、まったく」

ぶつぶつ。

愚痴をこぼしつつも、素材換金屋は手早く計算すると、

「んー……これくらいかな。ほい、素材換金代――銀貨28枚と銅貨35枚」

「おぉ！　さんきゅー……って、これは？」

まだまだ残った素材の山を指さすメリム。

「おいおい、ウチは薬草屋じゃねーぞ。このギルドで扱える限度をとっくに超えちまってるよ――だから、あっちに持っていきな」

あっち……。

「ほれ。お向かいの錬金ギルドだ。向こうさんは、常時薬草を求めてるっていうぜ？」

「錬金ギルドぉぉお？」

「おーよ。まぁ、冒険者ギルドの貢献度にはならないから、わざわざあっちに卸す奴《やつ》は稀《まれ》だがな」

むぅ……。手元の銀貨と、キリモリ草の山を見るメリム。そしてリズを——。

「ど、どうする？」

「え？　あー……そうだね。お家に置いておく場所もないし、お兄ちゃんもまだ来ないし」

チラ

ギルドの奥ではまだまだクラウスが拘束されている。

「あー……。あーなったら時間かかるぞ？　アイツ時々呼び出し食らってるって言うしな。なんでも問題児らしいぜー。うけけけ」

そう言って意地悪そうに笑うメリムに、「お前も、たいがいだよ……」と生暖かい目を向ける素材換金屋をする～りとスルーして、

「じゃ、持っていくか？　いいよな？」

「うん、いこっか！」

ニコリと輝く笑みを浮かべるリズを見て、同性ながら顔を赤らめるメリム。

（ちぇ、この笑顔は反則だぜ——）

ついでに、素材換金屋も鼻の下を伸ばしているので、ジロリとにらんでおいて——余ったキリモリ草を回収するメリムであった。

そして、

——チリンチリ～ン♪

涼やかなドアベルの音に招かれて、抹香の香り漂う扉をくぐるメリムとリズ。

すると、カウンターに足をかけて、パタパタとハタキで埃《ほこり》落としをしていた少女が振り返る。

「いらっしゃ～い！」

……どうやら店員らしい。

って、

「ぷゎ！」「わわ！」

ゲホゲホッ！　き、客来たんだから、埃はたきやめろ！

「おんやー⁇　なんぞ用かぃな。お嬢ちゃんたちぃ？」

「お、お嬢――……！　僕はそんなガキじゃない！」

「メリムさん、怒るとこ、そこじゃないし……」

しかし、プリプリ怒るメリムを尻目に、マイペースの店員はよっこらせっと、カウンターに腰かけると、ニィと口角を吊《つ》り上《あ》げる。

「あははー。お客っていうのは、お金を落としてくれる人をいうんやでぇ――自分ら、見たところ人族の子供やろぉ？」

ふん、とない胸を張る態度の悪い店員と、明らかにムッとしたリズとメリム。

「子供って！　……っていうか、お前こそガキだろうが！」

そして、さっそく噛《か》みつくメリム。

「ざんね～ん、こう見えてウチ成人やでぇ！　お嬢ちゃんたちは、パパにお小遣い貰《もら》ってから出直してきぃ」

しっし。

ハタキでうっとうしそうに追い払おうとするも、ドンッ！

「おわ！　な、なんやぁ、やる気かぁ?!」

カウンターに積まれる、何やら詰まった大容量の袋に思わず後ずさりする店員。

彼女は明らかにビビった様子で、背中を跳ねさせるも、ニコォと暗い笑みを浮かべるリズが畳みかけるように一気に言った。

「……残・念・な・が・ら、こっちも子供のお使いじゃないので――お客様ですよ？　……売る方ですけど」

「う、売るぅぅ……って、うぉわぁぁぁぁぁああ!?」

ドサドサドサー！

畳みかけるように積み上がっていくキリモリ草に、びっくり仰天の店員さん。

「な、な、な、なんやねん、この量はぁぁぁぁあああ！」

「もっちろん、採れたて新鮮薬草ですよ。だけど、ふ～ん？　……ここなら買い取ってくれるって聞いたんですけど――ほかにしよっかなー」

ツーン、とそっぽを向くリズを見て、本能的に何かを察した少女。

――ヒシッ！

「ま、待ってぇや！　ウチが悪かった！　この通りやぁ！」

ぺっこぉ！　と、態度を一変させて、素材袋にしがみつきながら謝るという離れ業を披露する少女。どうやら、本当に欲しいらしい。

「いいですけどぉ、な～んか、ほかに持っていきたくなっちゃったなー」

「ちょぉぉお?! ま、待て!! 待て待てまて!! い、1割! 1割増しでどないや?」

「んー……子供扱いされて傷ついちゃったなー」

いや、ほとんど子供じゃねーか。というメリムの視線をスルーしつつ。

「む、むむむ……。く! こ、この匂いは『キリモリ草』の?! わーぉ、『キリキリ苔《こけ》』に、『霧の根っこ』まであるや～ん! ぐむむむむ! これは他所《よそ》にもっていかせるわけにはいかん……ゴニョゴニョ」

パンッ!

「わかった!! 2割や! 2割増しで買う!! …どないや!」

2本指を立てる少女。

……ピースサインじゃないよ?

「ん～………まだまだ安いけど。……ま、こんなとこかな。いいよ、2割増しで」

そういうなり、リズの手を掴《つか》んで上下にブンブン! リズもがっちり手を握り直す——どうやら、交渉成立。

「お、おぉー……。なんかスゲェ!」

パチパチパチ。あっという間に交渉がまとまったことにメリムをして思わず拍手。

……多分、メリムだけなら、最初に大喧嘩《おおげんか》してとっとと出ていっただろう。と、そこに、

「はぁ、やられたわー」

どさっ。

さっきまでニコニコ握手をしていた少女が、ため息をついて、カウンター奥の席に深く腰かけ、天を仰ぐ。顔には、明らかに負けたーと書いてあるようだ。

「まったくもー。敵《かな》わんで、ほんまー。……自分、商売うまいなー?」

「いえいえ、家計を預かる身としては当然のことです」

スッと一歩引いて優雅に一礼するリズ。実に堂々としている――。

「おま……マジでクラウスの妹なんだよな?」

「ん? どういう意味かなー?」

い、いや、なんでもー。「ぴゅる～♪」と、下手糞《へたくそ》な口笛を吹くメリム。

「……はぁ、しゃーないなー。ウチも店を預かる身や。身から出た錆《さび》――そして、女に二言はないでぇー。ど～れ、査定さしてもらいまひょか」

そういって、ニッと笑うと、懐から東洋の計算機《そろばん》を取り出し、ジャッジャ! と乾いた音を鳴らす。

………………え?

――れ、錬金ギルドのマスター……?

こ、こんな小さい子が――⁇

「おぅ、こら……誰が小さいねん！」

思わず顔を見合わせるリズとメリム。いや、だって、ねぇ。……てっきり店員さんかと——。

「し、失礼なやっちゃのー。顔に出とるでぇ、二人とも。誰が超絶美少女店員や」

「「言ってない」」

ずるぅ！

「冗談やがな。……ひっひっひ、じつはなぁ、ウチこう見えて、錬金ギルドのマスターしとるんよ。名はホロメイいう——。以後お見知りおきをなー」

ニカッ！　と、人好きのする笑みを浮かべる少女に——。

え、

「「……え、えぇぇえ——!!」」

改めてリズもメリムもびっくり仰天。

まさかまさかの、ギルドマスターの登場だった——。

第12話「ギルドの裏口」

パチパチパチッ

店内に響く乾いた音。

「ふむふむふむ。キリモリ草がこんなもんでー……品質から、プラマイしてーのー……」

パチパチ、パッチン。

「で――」

珠《たま》を弾《はじ》く軽快な音が耳に心地よく、てきぱきと計算を終えていくホロメイ。

「ふ～むふむ。……その辺のガキが持ってくるもんより、質はええのぉ」

パッチ～ンッ！

「――おっしゃ！」

そう言って、今度はより分けた中でも、きれいな物を選んで眼鏡で覗《のぞ》いて鑑定中。そして、

「よ～っし、この辺でどないや？」

「へ？　なに、この金額」

ジャッ！　東洋の計算機《そろばん》が立てる乾いた音。リズが目を細めてマジマジと――

「……え～と、ひーふーみー……――」

「ぶはッ！　き、金貨10枚に銀貨78枚～!!」

って、

「え？　えええ?!　き、金貨10枚……っていうか、メリムさん計算早くない？」

まさかのメリム。ここでメリム。どうしたメリムー！

……どう見ても、おバカキャラのメリムちゃん、どうやら東洋の計算機がパパッと読めるらしい――。

「って、おおい!!　まさかの、ってどういう意味だよ！　つーか、おバカだとぉ！」

「あ、ごめんなさい」

だって、普段のメリムってただのバカ――。

――ギロッ。

「えへへ」

「……誤魔化し方は兄妹《きょうだい》そっくりだな！　ったく――……にしても、エライ高く買《こ》うてくれるんやな」

メリムさん、口調移ってますよ。

「あ、ほんとだ。……冒険者ギルドより、査定高いかも」

「ふん、あったりまえや――こうでもして差ぁつけんとな。……アイツら、ウチらのシノギごっそり持っていきよるねん――……質と誠実さで対抗せな、ウチは商売あがったりやで」

え……えぇー？

「誠実」

「誠実？」

じー……。

「うぐ！　そ、そこツッコむなや……。さ、最初はスマンかったって！　――ウチ、こういう見た目やで、舐《な》められるわけにはいかんねん」

「あー……そういうことか。……お前、ホビット族だよな？」

メリムの訳知り顔。多分、彼女もガキ扱いされて苦労した経験があるのでシンパシーを感じるのだろう。

「お前って――ったく。……せや。手先の器用さならホビットってな具合のホビット族や。……まぁ、一般的にはドワーフに株を奪われとるけど、ウチらは、あの山の猿どもよりも、より細かいもんが得意やねんでー」

ニカッ！　といい笑顔を浮かべるホロメイ。

いやいや、職人より……こっちのほうが、営業のほうがいいんじゃない？　と思いつつも、本人は気にしていそうなので黙っておく二人。

「――……で。ど、どない？　売ってくれるか？」

「はい、喜んで！」

「おー！　ホンマか‼」

言うや否や、グッと握手を交わすリズとホロメイ。その様子を少し離れて見物していたメリムは、リズの生活力と交渉力にちょっと圧倒される。

（マジで兄妹か?!）

「いやー……助かった助かった！　材料切らしてて、困っててん。ほんま、おおきになぁ！」

ブンブンと、握った手を上下左右に。

「で——どや？　自分らさえ良ければ、定期的に卸してくれんか？　２割増しってのは、さすがに毎回は無理やけど……その分、色は付けるでぇ？」

「え？　ん～……どうしよっか？」

唇に指をあてて考え込むリズ。

「ぬぅ。そ、そこを何とか——」

食い下がるホロメイ。しかし、事はそう簡単ではない。

そもそも、２割増しと言っているが、錬金ギルドの相場がわからないので、実際はホロメイの言い値なところもある。もっとも、リズの懸念はそれよりも——。

「え、えへへ。そ、そのぉ、実は私冒険者じゃないんです。だから毎回行けるかどうか——」

「ほぇ？　こんだけの量採ってきて、冒険者ちゃうんかいな？」

びっくりした様子のホロメイ。

「は、はい。そ、その、お兄ちゃんが厳しくて……」

「は？　はぁぁぁ～？　なんやねん？　自分、もう大人やろ？　ほなら、自分のことは自分で決めな——」

グサッ。

「う、そうですよね……。でも、こうして家計の足しになるなら、できれば採ってきたいんですけど……」

チラッとメリムの胸の上で輝く、冒険者認識票を見やるリズ。

「ん？　あ、あー！　そういうことか。確かに、物《ぶつ》採ってきても、認識票ないと、銭が減るしなー」

そうなのである。素材換金はできるが、どうせならクエストも一緒にやりたいところ。薬草採取系のクエストなら二度おいしいというものだ。

クエストをこなしつつ、換金代も稼げて、ギルドにも貢献できて一石二鳥！　まさにウィンウィン！――なのであるが……。

「兄貴が反対ちゅうことやな？」

「はい」

しゅ～ん。すっかり沈み込んだリズ。……しかし、

「ふふん。自分、運がええでー」

「へ？　運……？」

ニカッ。

「ウチを誰やと思っとんねん――」

男前に笑うホロメイが、ドン!!　とない胸を強調しながら言った――。

「って、胸をジロジロ見るな！　そのうち成長するわーい！　……って、ちゃう！　そうやのうて、こう見えてウチはギルドマスターやでぇ、」

つまりなぁ、

「ひっひっひ！　……認識票の一個や二個くらい、ポポポ～ンとなぁ！」

ジャラリと、クロスした腕に無地の認識票をズラっと並べるホロメイ――……。

「こ、これって――」

「げげ！　む、無地のギルド認識票《ドックタグ》じゃん！」

それは責任者ないし、その権限を委譲された者しか扱いを許されていない、人事特権の権化！

そう――！

「――これで、お前さんをギルド登録してやれるでぇ！」

ドヤァ！　今日一番のドヤ顔を浮かべて仰《の》け反《ぞ》るホロメイ。そして、呆気《あっけ》に取られるリズ達であったが――。

「……え、えっとー。お気持ちは嬉《うれ》しいんですけど、それって錬金ギルドの認識票……ですよね？」

「せやで？」

そりゃそうだ。

「ん、ん～。私がなりたいのはお兄ちゃんの隣で活躍する冒険者なのであって、その……。だから――錬金ギルドはお呼びじゃないかなって？」ニコッ
ずるぅ！　思わずズッコケるホロメイであったが、

「いたたた……。そ、そこはありがとうとちゃうんかい！　ア、アッホォ！　――話は最後まで聞けぇ！」

そこまで言った時、ホロメイはメリムの持つ冒険者認識票をむんずと掴《つか》むと、自分の手の中のそれと比べる。

「わ！　な、なにすんだよ！」

「ええから、貸せぃ！」

「え？　あれ？　そっくり――」

リズの目に映ったものは、錬金ギルドの認識票と冒険者ギルドのそれだ。

細部は異なれどよく似ている――。

それは、無記名で一番下のE級のものであったが、リズが欲していた冒険者ギルドの認識票に酷似していた――。

「ったく。なんや、なんやぁ、今時の若いやつは知らんか？　……ひひ。ギルドっちゅうのはなぁ」

あ、そーれ、キンキンキン。

E級錬金術師認識票：リズ

「ほれ」

「わ！」

え？　え？　え？

ポイッ！　と投げてよこされたそれには、手早く彫られたリズの名前が鮮やかに。

「いや、その――」

反射的に受け取ったものの、戸惑うリズ。だって、欲しいのはこれじゃなくて――……。

「――ひひ、最初に言うたやろ。ギルドちゅうのはなぁ、ぜ～んぶ連携しとるんよ。つまり、錬金術師も冒険者も根っこは同じ――ほい、これで自分も、E級冒険者と同じ扱いやでぇぇ」

「「…………」」

え？

「「えぇぇぇえええええええええええええ!?」」

※　※

衝撃的な事実にリズ達がおののいていた頃――時を同じくして、クラウスが退出したあとのギルドマスターの部屋では静かな時間が流れていた。

ずずー……。

「うん、いい香り――そして、いい味ですね」

「は、はい……」

サラザールの平静な声に対して、消えそうにか細く聞こえるのは、なんと見覚えのある人物のそれ。

部屋の主サラザールは当然いるとして、そこにはもう一人――ガッチガチに緊張した小さな影……中級冒険者――ティエラの姿があった。

「…………で、さっきの話は本当かしら？」

チラッ。

「びくぅ!!　は、はい。えっと、おそらく――？」

ん……どっち？

「いいいい、いえ、ホントウです！　あ、あの！　ま、ままま、間違いなく聞きましたし、見まし

た！」

「ふ〜ん？」

やや訝《いぶか》し気《げ》に眉根を寄せるサラザール。

「えっと、その——？」

「ん？　あーいえいえ、あなたのことを疑っているわけじゃないの。だけど、信じられないわね——」

　まさかねぇ、

「……兄妹でユニークスキル持ち。それも飛びっきりの、ぶっ飛んだ性能を持つ、ってなるとね」

言うだけ言って、そっと立ち上がるサラザール。

「いい人材が集まるのは、いいことよ。先日のようなことがいつ起こるとも知れない——戦力は把握しておかないとね」

「で、ですがぁ——……その、」

ティエラはシュンと耳を下げてカップをクルクルと手の中で弄ぶ。

「えぇ、聞いたわ。……クラウスさんは、リズさんを冒険者にする気はないみたいね」

「で、ですですー。アイツ、結構頑固ですよ？」

そう。クラウスはあれでいて頑固なのだ。

スケルトンジェネラル戦。

そして、ミカ・キサラギとの戦闘——さらには、アークワイバーン戦と、普通なら逃げるような戦いを制して来た男だ。

しかも、いずれもクラウスが無理に戦う必要のない、それ……。

「……えぇ、知っているわ。だけど、あの妹さんももう大人よ？　自分の人生を自由に決める権利は本人にあるわ？　違う？　……まぁ、もっとも――」

それでも、クラウスは認めないだろう。過保護というか、意固地というか……。

だけど、まだまだ脇が甘い――。

「ふふふ……。ギルドはね、全部繋がってるのよ？　クラウスさん」

何やら意味深かつ、含みのある言葉が静かに響くと、ひとりキラ～ンと、眼鏡を輝かせるサラザールなのであった。

※　※

「ぶわっくしょ――――ん！」

「うわ！　ちょっと、お兄ちゃん、きたないー」

ギルド前で待ち合わせをしていたクラウス達。

錬金ギルドは冒険者ギルド前なので、探すこともなく合流できた。ちょうど、リズ達が錬金ギルドを出た時に、クラウスも冒険者ギルドを出てきたところだった。

「うー、悪い悪い。誰か俺のファンでも――」

「「そんなのいない」」

……………うるせぇ！

「ったく、俺の魅力にそろそろ、美人の一人や二人が気付いていてもいいんじゃないか?」

「自分で言うとか、相当寒いぞ、クラウス――」

んだとぉ！　バカメリムめ!!　おっぱいバッカでかくなりやがって……！　栄養全部そっちに持ってかれてるから小さいんだぞ！

「むぅ！　お兄ちゃんが失礼なこと考えている気がする！」

「んなぁ！　め、目ぇ！　その目ぇ！　――つーか、誰がチビかぁぁぁぁ！」

ぶんぶん!!

短い手足でクラウスに殴りかかるメリムを余裕で抑える。

「はっはっは。届かん、届かんぞー」

「むぎぎぎぎ！　お、覚えてろよー！」

プリプリ肩を怒らせたメリムが、ノッシノッシと女の子にあるまじき、大股で歩いていく――。

「お兄ちゃん、意地悪」

「アイツはいいんだよ」

クソガキで居候だからな。

「もー……。初めての友達でしょ?　また、ボッチになるよ?　…………私はそれでもいいけど、」

なんて?

「……っていうか、ボッチじゃねーよ!!　つーか、初めてとちゃうわー！」

「じゃーほかに、友達いるの?」

ぐ……。

「ジョ、ジョンとか？」

「どこのジョンさん？」

ぐぐ……。

架空のジョンさんですけどぉぉお！　嘘《うそ》ですけどぉ！　だけどぉぉぉお！

「……ほ、ほらぁ、昔一緒に遊んだ、あのジョンだよ！」

どのジョンだよ!!

「知らないよぉ？」

ぐぬー！

そこは気を使ってよ、リズさぁん！

「あ！　それより、見てよコレ――」

サラっと流すリズのそれに乗っかるクラウス。おお、

「それより――って……。あ、そうだった、俺も見せたいものが――」

せーの。

「じゃーん、錬金ギルドの認識票！　えへへ、冒険者ギルドのと同じ権限があるんだってー」

「じゃーん、この前のアークワイバーンの討伐報酬――金貨１０００枚でーす」

あはは。へー。すごーい――――……。

「「……………」」


「ギ、ギルド認識票？」

「き、金貨……1000枚？」

…………。

……。

「えええええええええええええええええええええええええ⁈」

「どぅぇっぇぇえええええええええええええええええええええ⁈」

昼間っから、うるさい二人なのであった——。

※　※

その頃——。

チリンチリ～ン♪

「いらっしゃ～い♪　って、あら？　忘れ物かいな、嬢ちゃん？」

「いや、そうじゃなくてよー。僕の取り分、売るの忘れててさ」

ドサッ！

「おわわッ！　な、何や、まだあったんかいな⁈　……量は多くはないけど、またまたいっぱい採って来たんやなー」

「へへ。2割増し？」

「それはない」

がくぅ！

「なんでだよ！」

「タ～イミングってもんがあるでしょーに。それにあの子はウチのお得意様やし、ギルドメンバーだしのー」

ニカッ！　と、例の人好きする笑い。

「ちぇ～……わかったよ。言い値でいいから頼むぜー」

「はいな。ちっとばかし、お待ちくださいなー」

東洋の計算機をパチリパチリ。

「くっそー。さっき売っとくんだったぜ……」

クラウス家に戻る途中で、荷物を持ったままのことにハタと気付いて引き返したメリム。すでにクラウス達はいなくなっていたが、そのまま錬金ギルドへ来たというわけだ。

「まぁまぁ、冒険者ギルドよりは高く買うよ～ん？」

「ほんとか！　た、助かる——今度からこっちでもいいかなー」

実際、高く売れるならそれに越したことはない。それにメリムは、金が必要なのだ。なにより、いつまでもクラウス家に居候するわけにもいかないし……。まぁ、クラウスも今、家ないけどね。

「ほうか？　まー、ウチのお得意様になってくれるなら、多少は色付けたるでぇ？」

「お、おぉ！　助かるぜぇ」

「せやろー？　せやから、薬草はウチの店に卸したってやー。……っと、こんなもんでどないや？」

パチパチパチパチの——ほい！

「へ？　ぎ、銀貨60枚！　マ、マジかよー！」

結構ないい値段！

「ふふん、なかなかレアなもんも採ってきてたやん？　霧の森であれ探すのエライ大変なんやで？」

「あ、あー……あれな」

そういや、キリモリ草以外にもいっぱい採れたな。まぁそれもこれも、リズのスキルありきだけどね……。

「うん、わかった。その値段で買い取ってくれよ。あ、そうだ。なぁなぁ、あと、これも買い取れるか？」

そう言って徐《おもむろ》に取り出したのは、例の生ゴミ――げふんげふん、クラウス謹製の低級ポーションだ。

ハンカチを勝手に使われたので、しゃーなしに絞り出して空き瓶に移しておいたのだ――えっへん！

「ま、無理だろうけど、正直、生ゴ――――」

ぐわし!!

「いだだッ！　いだぁぁぁ！　……そして、くさッッ」

メリムが無造作に置いた直後、驚くほどの俊敏さで瓶をひっつかむホロメイ。

「ちょ！　おまっ！　これ――」

「いだいだい！　いだだだだだ！　そして、くささささ！　くっさー」

グイグイ頬に押し付けられるそれ！

その瓶の口から、目に染みる臭いが貫通してくる、うげっぇぇ、吐きそう。

「くっさー！　じゃないわ、おまぁぁぁあ！　これぇぇぇえ」

「ご、ごごご、ごめんって！　生ゴミだよな！　ゴメンって、くせぇからやめてぇぇぇぇえ！」

わ、悪かったって！

捨てる捨てる！　捨てるからぁぁぁあ！

「アッホォ！　捨てんな！　何考えてんだ、このバカチンッ！」

いってー!!　見た目よりもすげーパワー！　ホロメイにがっちりと腕を掴まれているせいで、ついにメリムが涙目になる。

さ、さすがギルドマスター、見た目よりも強——ってそうじゃない!!

「馬鹿でもないし、チンもないわーい！」

「やかましいわ、この罰当たりがぁぁ！」

「くっそ、いい加減にしろッ、このチビぃ！」

デコピンッ！

「あうち！」

「アウチッは僕だっつの！　いってぇい、くっせぇし……。何ぃ？　何なん自分——」

って、移ってるぅ！

わわわ、ホビット弁こわっ！

「何ぃ、とちゃうわ、ホンマぁ！　それより、じ、じじじじ、じ、自分、これどこで手に入れてん!!」

「は、はぁ？」

こ、これぇ？

「これって、これか——⁇」

異臭を放つ、ドロリとした液体（？）暗黒物質《ダークマター》——こと、クラウス謹製低級ポーションを指さすメリムに、コクコクコクコク‼　と高速首肯のホロメイさん！

「おいおい……頷《うなず》き過ぎで、首取れるぞ？　つーか、これがなんだよ？　こんなんあれだぞ……え～っと、な、仲間（？）が——」

ぺろっ。

「…………って、うわ！　舐めた！　頭とか味とか大丈夫か、お前ぇぇ！」

勝手に瓶を開けて、指につけた暗黒物質をペロリと口に含むホロメイ。……うげぇ、見てるだけで吐きそう。

「あッほぉ！　味なんかどうでもええわい！　だいたいなぁ、どうしたもこうしたもあるかぁ！　うわ、やっぱそうやでこれ……」

「お、おい。死ぬなよ？　ぼ、僕知らないぞ」

「あほぉ！　死ぬかいな！　——ったく、トーシロはこれやから」

こほん。

「よー聞いとけ。あーメリムいうたか？　ウ、ウチはなぁ、ウチはなぁ……。この道に入って結構長いんやが——」

「お、おう」

ごくり。

偉く溜《た》めを作るホロメイの迫力に思わず喉を鳴らすメリム。

そして、

「すぅぅ…………こ、こここ、こんな、配合完璧なポーションはじめてみたでぇッ‼」

「……………は、」

はぁ？

……な、何言ってんのこいつ？

「か、完璧って、これがぁ？　……どうみても生ゴミじゃん？」

じゃあ売るなよ、と総ツッコミが入りそうなのはさておき、ホロメイさんが額に青筋を浮かべてグイっ！　とメリムの胸倉を摑む。

「アッホぉ！　どこが生ゴミやねん！」

「い、いや、全部だろ」

「だったら持ち込むなやぁぁぁぁあっ！」

「だ、だって、売れるかなーって――」

「アッホぉ！　生ゴミとか思ってるもん持ち込むな、アッホぅ！　せやけど、ええもん持ち込んだのはグッジョブ――やけど、アッホぅ！　もう、なんつーか、お前色々アッホぉ！」

もー！　地団太地団太！

「……じ、自分なぁ、わかっとらんけど、これやばいやつやで‼　こんなん、こんなん――」

ゴクリ。

「こんなん！　そんじょそこらの、上級の錬金術師でも作れへんレベルの配合やっちゅうねーん‼」

「え、えー……？　こ、この低級ポーション《生ゴミ》がぁぁ？」

「ドアホォ！　自分、低級ポーションいうたら、なんでも同じやと思うとるやろ!!　ちゃう！　ちゃうでぇえ！　全然ちゃう!!」

かくかくしかじか。

「かくかくしかじかじゃわかんねーよ」

「わかれやボケ！　ただの省略の表現やろが！　……ってそうやない！　ええかぁ、メリムぅ？　ポーションて、一口でいうても千差万別や！　確かに素人が作っても低級ポーションは作れるやろ。質もそう変わらんはずや。……せやけどなぁ、一見同じに見えても、回復量には雲泥の差があるんやでぇ。……まぁ、低級ポーションくらいやとわからんかもしれんが――」

すぅぅ、

「素人が作ったもんと玄人が作ったもんでは倍くらいちゃうんやッ！」

「お、おう。…………おぅ？」

すごい剣幕と早口にちょっと引いているメリム。

「そんでなぁ、おまええ。……これ作った奴《やつ》は凄《すご》いでぇ？　質でいうたら、そこらの並のギルドのポーションとは比べもんにならん性能や。……多分、市販品にくらべて＋50％は上とちゃうか」

「え、えぇー……この青汁がぁ？」

　1・5倍は上だと説明するホロメイに、半信半疑のメリムであったが――。

「アッホぉ、罰当たりなこと言うなや！　こ、これを作った奴――と、とんでもない腕前やでぇ……。ウチの腕より、間違いなく数段上。……っていうか、多分、世界最高峰の腕前言うても過言ちゃうでぇ」

　はッ?!

「はぁぁあ?!　せ、世界……最高……峰ぉぉぉおおおお?」

　これがぁあ?!

　めぎゃぁぁぁぁあああん！　……思ったより大音声にホロメイが仰け反る。

「お、おう。……んんー?　ど、どないしてん急に。お、おぉ……それくらいやと思うで?　――どないしたん自分」

　戸惑うホロメイに反し、今度はメリムが驚く番だ。

　……なぜなら。

　そう、なぜなら――。ホロメイの説明を皆まで聞くこともなく、突然立ち上がったメリムは、その手には、クラウスの作ったあのポーションが握り締められていた。

「お、おい。おまはん――い、いったいどうした……?　それ、売るんちゃうんかいな?」

「わ、悪い――これ、やっぱ売れねぇ！」

　へ?

「いや、まぁ……おまはんの好きにしたらええけど――」

「な、なぁ！　それより、さっき、これ作った奴が世界最高峰っていったよね?　そ、それって――それってつまりさ!!　……それが作れる奴なら――く、薬ならなんでも作れる奴ってこと、だよな?」

「は?　な、なんでもの種類にもよるが――まぁ……せ、せやな。一般的に知られてるもんなら

──配合わかっとって、材料とかあったら作れるやろな？」

そう。これだけの物が作れる腕前なら──……。

「──んー。エリクサーとか神酒《ソーマ》とかでもいけるんちゃうか？」

「エリっ……！」

ガタンッ!!

「ひぇ?! ど、どないしたん──メリムのぉ？」

突如立ち上がったメリムに驚くホロメイであったが、

「ご、ごめん──用事思い出した！」

へ？

「ちょ──おおい、メリムのぉ？」

──ダッ！

背後でホロメイが何かを言っていたが、メリムは聞くこともできずに、走り去る。その手には換金代と──……あのクラウス謹製低級ポーションがある。

「いた……。いたんだ！」

そのまま、ブツブツと呟《つぶや》きつつ低級ポーションを握り締めたメリムは、振り返ることもなく、目じりに涙を浮かべたまま走っていく。それは、悲しみの涙か──??

いや、違う。口角を緩く持ち上げたメリムの表情は、歓喜に彩られている。そう。それはすなわち嬉しさから溢《あふ》れる涙──。

つまり……！

「あああ、畜生！　いたんだ!!　――本当にいた!!　まさか、まさか、こんな身近にいたなんて――」

メリムは確信した。そして、歓喜した……！　運命は、やっぱり運命は、メリムとクラウスを邂《かい》逅《こう》させたのだ！

そして、あの日、あの時、あの瞬間に、ユニークスキル【直　感《インスピレーション》】が、クラウスを選んだのにはやはり理由があったのだ！　……だってそうだろ？

中級試験の合格のため？

アークワイバーン討伐のため？

違う……。違う！　最初から決まっていたんだ！　そう――!!

「できる……。できるんだ、アイツなら……。クラウスなら」

伝説クラスの錬金術の腕前を持つクラウスなら……。クラウスの【自動機能《オートモード》】なら!!

エリクサーを。

あの伝説の霊薬――エリクサーを量産することさえも!!

そうだ。そうなんだよ！　……そのために来た！　そして、そのためだけに冒険者になった！

だから、だから――！

ガバッ！　手を空に掲げるメリムは、空を見上げて陽光を透かして思いをはせる。

「………見つけたよ、父様、母様」

家族を、一族を……我が領地を救う救世主となる一人の男に思いをはせる。

そして、そっと青空に輝く陽光を眺め――ギュッと、それを握り締めたメリムは、視線を大地に戻す。

「見つけたんだよ、救世主を……！」

その男こそ……。

「クラウス」

クラウス・ノルドール。

かの者こそ、メリムが探していた人物であった。

かの男こそ、神より与えられしユニーク《自動機能》スキルを持ったただ一人の男にして、領地の住民1万人を救う、大量のエリクサーを作れる可能性を秘めた人物であった。

「あぁぁ。畜生。なんで今まで気付かなかったんだよ……！　馬鹿だろ、僕はッ！」

自動で何でもできる男、クラウス……。

だったら、自動でエリクサーが作れることくらい予想しろよ！　バカ！

だけど、見つけた。そして、今ならまだ間に合う――。だから、だから、だから――――……！

「…………だから、お前に託すよ――。僕の人生、僕の全て――僕が救いたい、1万人の命を！」

だからッッ！

だから、救っておくれよ、お前のユニークスキル【自動機能《オートモード》】で――！

「クラウス……！　クラウス・ノルド――――――ル！」

※　※

「なんや、アイツ——泣いとったで？」

チリンチリ～ン♪

「ん？　誰のことかしら」

唖然《あぜん》として、メリムが出ていった扉を見つめたままボケーっとしていたホロメイの耳に届く涼やかなドアベル。

その音とともに入店してきたのは、

「……なんや、テリーヌか？」

「あーらら、ご挨拶ねー」

トンッ、と軽い調子でカウンターに浅く腰を当てるようにして、もたれかかると、口角を緩く上げる。

「けッ。商売敵《がたき》が気安《きやす》う、来んなや」

「え～？　商売敵でしたっけ」

ニコッ。

「……ちっ。わかっとるわ。そっちであぶれた素材を回してもらう——持ちつ持たれつやろ？」

「ええ、そうよ。代わりにウチはアナタのとこから、品質のいいポーションをお得意様に、ね」

——け！

――ふん！

互いに腹に一物を抱えつつも、顔を背けて、明後日《あさって》の方を向く。

しかし、ライバルのところに顔を出したのは、当然ながら用件があったわけで――。

「――……で、あれでよかったんか？」

そう言うと、テリーヌにめがけて、コイン♪　と、軽やかな音を立てて飛んでいくのは、リズの名前を刻んだものと同じ――無地の認識票《ドッグタグ》だった。

そして、テリーヌは回転しながら飛んでいく無地の認識票をパシィ！　と受け止めると、何やら意味深にチェーンに指をかけてクルリと一回転させてから、再び投げ返す。

「えぇ～、協力ありがとうございます。……お礼はいつものでいいかしら？」

そう言って、素材の詰まったカバンを軽く持ち上げるテリーヌ。どうやら、かなりのレア素材が入っているのか、封印付きだった。

「ほぉ！　そらぁ助かるわ……。ま、それはそれで貰《もら》うとして――ウチはウチで、ギルドメンバー加入させられて、お互いウィンウィンっちゅ～とこか」

ニカッ。

そう言って人好きのする笑みを浮かべた後、カバンの中を覗き込むホロメイ。その脇には、ギルドメンバーの新たな加入者を示す書類があった。

……当然、新進気鋭のギルドメンバーである、リズの名前も――……。

その名前を横目で確認しつつ、

「うふふー。そうねぇ。私たちは持ちつ持たれつ――よね」

「ふん。ウチらの上がりをぎょーさん掠《かす》め取りよるおまはんとこが――よーいうわ」

「ご挨拶ですねぇ」

テリーヌからすれば、冒険者ギルドが仕事を奪っている――などと言われるのは心外だ。

ただ、ホロメイだってわかっていて言ってることは知っている。なので、表立って反論まではしない――不毛だしね。

「けっ、まぁええわ。……せやかて、あの婆さんも色々腹で考えとるなー。仕事し過ぎちゃうか？」

「そうね。……だけど、この辺境は一見平和に見えるけど、そうじゃない――知ってるでしょ」

そう。先日のアークワイバーンしかり、
地下のアンデッド系しかり――。

「……せやったな――しかし、こない物騒になるとはな。そろそろ、専属の上級冒険者がおらんとキツイんちゃうか？」

「えぇ。その通り……。だけど、ちゃ～んと考えているわ――」

そう。その候補たる人物。辺境の危機に立ち上がれる優秀な冒険者――。

……もちろん、ゲインのような食わせ物ではない。本物の上級冒険者――……。

そして、その候補者とは――――。

※　※

はっくしょ～ん!!

「うーぶるぶる！」

くしゃみと同時に、ゾクリと寒気を感じて、クラウスは後ろを振り返る。

「き、気のせいだよな？」

……なんか。プレッシャーらしきものがひしひしと。

――チラッ。

隣の可愛《かわい》い妹は、「うん？」と、小さく首を傾《かし》げていることからも、彼女からではないし、もちろん、彼女のほかには誰もいない。

「どうしたの？　それにしても、デッカイくしゃみー。びっくりしたな～もうー」

「わ、わりぃ、わりぃ」

ズズッ……。鼻の下をこすりつつ、気のせいだろうと頭《かぶり》を振る。

「で――どうしたの？　風邪……は、お兄ちゃんはひかないよね」

「……い、いや～。なんか、噂《うわさ》でもされたか、ものすっごい寒気が――……って、俺が風邪ひかないってどういう意味だよ！」

馬鹿ってか!!

馬鹿は風邪ひかないってか?!

「あはは、そんなことないよ。馬鹿は風邪をひかないんじゃなくて、馬鹿は風邪を知らないんだよー」

あーなるほど――。

「……って、つまり、俺が風邪を知らん馬鹿ってことじゃねーかぁぁぁああ！」

風邪くらい知っとるわーい！　ぷんぷん！

「まったくもう、うちの義妹《いもうと》は、日に日に口が悪くなってくるぜぃ……」

ま、そこも可愛いんだけどね。へへ。

「変なお兄ちゃん。何ニヤニヤしてんだか――？　それよりも、早く帰ろ～よ。日が暮れる前にお料理したいけど、まだ、台所もなんにもないから時間かかるんだよねー」

そんな苦労をにおわせつつも、あっけらかんとして「あはははは♪」と屈託なく笑うリズにつられてクラウスも笑う。

「へへへ～ん！　台所がどうしたぃ！　家も台所もなくたって家族が無事ならそれでいいさ――」

「何、臭いセリフ言ってんのー。第一、台所は必要だよー？」

リズの戦場はフィールドにあらず！　台所にありッ！

「あーわかってるわかってる。……ま、それはそれとして――飯のあとはリズ、説教タイムだぞ！」

「へ？　せ、説教？　な、なんで？」

おいおい。……なんでって、君ぃ。

「……俺、言ったよな？　冒険者はダメだって！」

「あ、あー！　そ、それ今言う？　今ぁ?!　だけど、ふふ～ん、残念でした――アタシは冒険者じゃありませ～ん、錬金ギルド員ですよーだ」

チャラリ♪

明らかに冒険者ギルドのそれとは違う意匠《デザイン》の認識票にクラウスは渋い顔。

「ぐ、ぐむむ。な、なんちゅう、屁理屈《へりくつ》をぉぉ……！」

っていうか、危険だって言ってるのにどうしてわかってくれないんだ！　お兄ちゃんは心配です！


——それからしばらく、どう言って辞めさせようかと葛藤していたようだが、今までの自分の言動やら行動を振り返ると、説得力が全くないことに気付いたクラウスは、

「……はぁ～。わかったわかった。どうせ俺の義妹だ、言ったって聞かないよなー」

「えへへ、その通り！」

どやぁ。

「いや。自慢するとこじゃねぇぞ？　……ったく。とにかく、危ないことはさせないからな！」

「はいはい、言われなくてもしませんよーだ！」

べー。と、可愛らしく舌を出すリズを見て頭を掻《か》くクラウス。

「まったく、誰に似たんだか……」

これ以上言っても仕方ないだろうと、半ば諦め小さく嘆息したクラウス。

……なにせクラウスの義妹だ。頑固さは折り紙付き、なにより、作ったばかりのギルド認識票を返納させるのは、さすがに世間体がよろしくない。

なら、せめて、危険なことをクラウスが排除してやったほうがまだましというものだ。勝手にソロで冒険に出られても困るしな——。

そう結論づけたクラウスに、すかさず話しかけるリズ。

「ねね。それよりも、お兄ちゃん、さっきのお金どーすんの?!」

「さっきの……？　あーあれな。……念のため、全額ギルドに預けてきた」

使うあてもないしね。

「ふぅん？　まぁそうだよねー。第一、あんな大金貰ってもどうしたらいいんだろ？」

「ん？　んー……。ぶっちゃけなんも考えてない」

あの大金があれば、慎ましやかに暮らせば、一生安泰な額だ。もっとも、それが許されるほど冒険者稼業は甘くはないだろうけどね。

「まー。とりあえず、家の再建費用かなー。あれだけあれば、家の修理にも目途がつきそうだし……」

「あ、そうか——。お金で業者さん雇ったほうがいいよね」

そりゃ、その方が常識的だ。少なくとも、１０５３時間オートで動くよりもねッ。

「……とはいえ、町がこれじゃなー。人も何もかも不足してるとこに、あんまし目立つ真似もできないし……。どのみち物資が不足しているからな」

お金があっても町に建材がないのでは、結局何もできないということ。なので、しばらくは自前で修理をしつつ、町が落ち着いてきたら大工さんに発注しよう。

「じゃー、いっそ、豪邸建てる？」

「あっても手に余るだろ？」

「だよねー」

キャッキャキャ♪　うふふ♪

なんだかんだと、大金の使い道をあーでもないこーでもないと話しつつ、和気あいあいと家に向かうクラウス達。……やっぱり仲のいい兄妹だわ。

……と、そこに――。

「――ァゥスぅぅぅう……！」

ん？

「呼んだか？」

「え？　私じゃないよ？　……あっ、でも、この声って――」

タッタッタッタッタッタ――ドダダダダッ！

「な、なになになになに、な――」

思わず身構えるクラウスであったが、背後から猛烈な足音と、この姦《かしま》しい声は――……。

「クラウスぅぅぅぅうう!!」

ドタバタドタ!!　――どっふっ！

「うぼふっ！」

「きゃぁぁぁあ！　お兄ちゃんの背中が『く』の字にぃ……！」

やっぱコイツかぁぁぁああ！　い、い、いってぇぇぇえ！

「な、なにしやがんだメリム！」

殺す気かぁ！

「クラウス、クラウスぅぅぅう!!」

スリスリスリ!!　なぜかメリムがタックルからのマーキング！　……って、ちょぉぉお！

「うっげ！　や、やめろ気持ち悪い!!」

どっかの、猫娘を思い出すしぐさ！　お前そういうキャラじゃねーだろ!!　っていうか……義妹がおるねん！　近くに居るねん！　だから、今だけは特にやめ――……うぉぉ！

「リ、リズ！　ち、違う！　そういうんじゃなくて――ぁぁ、駄目だ!!　リ、リズさんが面倒な顔してるよぉ！」

オゥノゥ！

「だ〜れが、面倒な顔よ!!　……それより、メリムさん、どーしたの？　一応、ここ往来なんだけどぉ」――ジトォ。

「あーもー！　ほらぁ、変なジェラシーオーラ醸し出してるよー！　こーなったらリズしつこいよぉ――……って、」

ガシッ!!

しかしまぁ、聞いちゃいないのはメリムの助！　あろうことか、完全に周囲の目を無視して、土下座せんばかりの勢いだ――って、

「はわわわ！　な、なんだよ?!　うぉわぁぁ、急に手ぇ掴むな、服脱がすな、パンツまでぇぇぇ――あ、ちょ!!」

――や、やめぇっぇぇえ!!

「ううううう――頼む、クラウス！」

「いや？　なに？　わからん!!　――あと、近いッ!!」

抱き着かんばかりの勢いでクラウスに縋《すが》り付《つ》くメリム。緩い普段着が解《ほど》けそうに――ああああああ！

さらには、よほど慌ててきたのか、汗だくで——ちょっと、女の子のイイにおいがする。メリムのくせに……って、だから近い近い近いッ！

近〜い！　そして、いい匂〜い‼

……ざわざわ

……ひそひそ

「あら、男の子ね！」

「きゃ！　可愛い子の前で——修羅場よ、修羅場！」

「おやまぁ、ノルドールさんのとこの兄妹じゃないかぃ？」


復興中の町並み。人々の表情はさほど暗くもなく、むしろなんだなんだと視線をよこす。

「って、」

——ちょぉぉぉおおお！　やめてよ！　……超〜注目されとるやんけぇ‼

見た目、男の子にギュ〜ッって、抱き着かれてる図——ゴール決めたあとじゃないんだからな‼

あと、近いっちゅうねん——！

「ばかー！　マ、マジで離れろって‼　誤解されるだろ！　——って、うわ！　…………力つよぉッ‼」

あと、パンツずり落ちるからやめぃ！　割とマジで！

「クラウス‼　はぁはぁはぁ！　ぜぃぜぃ。ク、クラウス……」

はぁはぁ、すんな‼

ぜぃぜぃ、荒い息つくなぁぁ！　なんか、やらしいだろ‼

「いいから、一回落ち着け！　あと、さっきから近いっちゅうねん‼」

「はぁはぁはぁ……ぼ、僕と――ゴクリ」

いや、意味深に唾のみこむな――……‼

「ゲホッ！　ごホッ‼　ぼ、僕と！　僕と――」

「わかったから、はなれ――」


「僕と一緒に‼　……つ、付き合ってよ、クラウスぅぅう‼」

※　※

……………………ふぁ?!

「だから、僕と付き合ってくれよ！　クラウス‼」

「――は？　は？　は？」

…………はぁぁぁぁあ？　――な、何言ってんのコイツ？

メリムとクラウスが付き合う……？

え？　買い物的な奴じゃなくて、男と女の子のチョメチョメ的な？

え？　でも、コイツはクソガキで――……あ、オパイはでかいけどー。

え？　マジで？　リアルに？

「………あ、ジョーク？」

「僕は真剣だ‼」

いやいやいや。

ないないない。

だって、クソガ――……。

「お兄ちゃ～～～ん……」

ひょわ！

な、なんか隣から殺気が――……って、

「いや、ちょっ！　ちょ、え？　ちょぇぇぇええええ⁇」

――な、何その目ぇぇ！　リズのその目、何ぃぃい⁈

怖い。こわいこわいこわい！

……って、俺が悪いんか――――い！

「っていうか、メリムぅぅうううう！」

いつの間にか、腰をホールドすなぁぁぁあ！

「ううううう！　頼む‼　なんでもする‼　なんでも言うことを聞く‼　なんでもしていいから！　付き合ってくれ、頼むよ‼」

だ――――‼

「——断る！」

あと離れろ、うっとうしい!!

ブンッ!!　——……って、コイツ離れなーい！

「お兄ちゃん、どいて——そいつ殺せない」

「おう、わかった——！　…………って、まてまてまてまてーい！」

殺すなし!!　さすがにそれはやり過ぎ——って、なにそれ?!

「包丁」

単語ぉぉぉおお！

単語で返すのこわ————い!!

っていうか、お家にあった肉切り用の大包丁やん?!　ええ、どこに持ってたん?!　そこ《ポッケ》に隠してたん?!　………っていうか、そんなん持ち歩いてたーん?!

「うん」

「……こわっ!!」

この子、怖ぁぁあ!!

え、ええー。……も、もしかして、『霧の森』探索のため、家から持ち出してたりぃぃい?!

「イエス。あと、虫《メリム》も切れるしね」

ギラリッ！

「こ、こわぁっぁあああ!!　そして、包丁でッかぁぁぁあああ!!」

——あ、あああ、あと、目据わってるよ、リズさ～んんん!!

義妹の殺気に冷や汗ダラダラのクラウスであったが、当の標的はおかまいなしだ。

つーか、なんで俺がかばわにゃならん！　とばかりに、メリムの首根っこを掴んで子猫のようにぶら下げるけど、メリムの奴離れやしねぇぇ！

「ムギギギ……！　お、おい、メリム！　わ、わかったから手ぇ、放せ！　――色々誤解を呼ぶから、さっさと離れろ‼」

町の人、めっちゃニヨニヨしてみとるやん‼

リズに至っては、もはや顔が謎の闇黒の陰に隠れて見えないやん！　目ぇだけ、爛々《らんらん》と光っとるやーん！

……しかも、ここうちの近所だから、マジでやめてぇぇぇえええ!!!

「あ――――も――――!!」

※　※

「で……どういうことだ？」

「あぅぅ、殴ることないだろぉぉお？」

正座のまま、クラウスの拳骨《げんこつ》でぷっくり膨れた頭を押さえて涙目のメリム。

しかし、相変わらず近い位置で、クラウスから離れず、遠過ぎないの距離でぴったりと寄り添うメリム。

キュっと、服の裾を掴んで離さない。

「やッかましいわ！　もう一回殴るぞ‼　……ったく、居候のくせに迷惑かけやがって」

……あと、殴ってなかったらお前刺されてるからね？　リズさん、マジで刺す子だからね？　むしろ感謝してほしいね！　ったく……。

「あはは、刺さないよー」

うそつけ。目ぇ笑ってないからね、リズちゃん？

「もう、メリムさんったらぁ。……付き合ってってそういう意味だったのね？　――え～っと、メリムさんの実家のあるとこに一緒に来てってことでいいんだよね？」

う、うん。あってるけどさー。わざわざ解説するのリズさん？

つーか、いまだに目ぇのハイライト消えて、すっごい目つきが据わってるから怖いよ⁇　あと、包丁逆手に持ち直すのやめてもらっていい？　……っていうか、切っ先が若干クラウスさんに向いてるのなんでぇ？

「お、おう。ご、ごめん……。色々端折《はしょ》り過ぎてさ――。その、歩きながら話すよ」

チラッと目を向ければ確かに、衆目を集めている。この状態ではメリムも話しにくかろう。

「あったりめーだ、家つくまでに、ちゃんと話せよ」

「うん――そ、その、」

トボトボ歩きながらメリムがぽつりぽつりと話し始めるのだった。

ちなみにその間、ずっと、クラウスの服の裾を掴んで離しゃしないし――どこも行きやせんがな。

「……あ。そうだ、最初に——これ、返すな」

「ん。なんだこれ——って、くさっ！」

　小瓶に入った緑色の液体のようなもの——。

「って……あああ！　これ、俺の作った低級ポーションじゃん!!」「あー。あの時の薬草の生ゴミ！」

　リズも鼻を押さえて少しあとずさり。

「お前……。てっきり捨てたのかと思ってた——って、生ゴミじゃねーよ！」

　臭いは生ゴミだけどぉぉ！

「へ？　い、いや……捨てるなって、怒ってたのお前じゃん？　あと、顔面にぶっかけられても毒じゃなかったし、まぁ売れるかなーって」

　売るな!!　あと、ぶっかけたわけではない!!

「あ！　……まさか、メリムさん。こ、これを売りに戻ってたんだ……あはは、ホロメイさん怒ってたんじゃない？」

　そういえば、タタタッと走って引き返したメリムを思い出したリズはそう言う。

「ううん、むしろ逆……」

「うんうん、やっぱり怒ってたよね〜————……って、はい⁉」

「「ぎゃ、逆⁉」」

「いやー。逆っていうか——全然怒ってないというか……」

　つつ、とクラウスを見上げて目を合わせるメリム。

「う……！　な、なんだよ、メリム？」

意味深に見つめるなよ、……照れるやん。

その目が何かを訴えたそうで思わず顔をそらすクラウス。……だ、だって、真剣なメリムの顔、思ったより可愛かったんだもん。

つーか、腹立つことに、何かいい匂いしやがるんだよ、コイツ――。

「お・兄・ちゃ～～ん……」

「んん！　な、なんでもないよ、マイシスタぁ」

ニコリ！

リズの纏《まと》う空気が一瞬にして冷えわたるので、取り繕うクラウスさん。この辺は手慣れたもん――って、そうじゃないだろ。

「そ、それより、さっきのはどういう意味だよ？」

「いや、その――。こ、これ見せたら、怒るどころか――これを作った奴は天才だって、べた褒めでさ。あ、いや、あのギルドマスターがそう言ったんだぜ。……そ、その、」

ん？　ギルドマスター？

ギルドマスターっていっても、サラザールじゃない方だよな？

「お、おう。錬金ギルドのほうだよ」

……あ。あぁー。

冒険者ギルド向かいの、錬金ギルドの店員のことか！

確か、高級《ハイ》ポーション買うために利用したことあるけど、そういやギルドマスターって名乗ってたな。その名もホロメイ――。

「……そう。そのホロメイってやつが言ったんだよ。これ作った奴は、錬金術の世界最高峰の腕前を持ってるって――」

「へ？　さ、最高峰⁈　これがぁぁ？」

メリムが返してくれた小瓶をマジマジと。

自分で作っててなんだが、ぶっちゃけ、生ゴミにしか見えな――おっと、げふんげふん。

「……へ、へー。こ、これがねぇ⁈」

「お、おう！　で、さ！」

「いやいや、褒められても、実感ねーしな？　つーか、いきなりだなー。まぁ悪い気はしないけど、作ったのは、お前も知っての通り、オートモー……」

「知ってる。知ってるよ‼　だから、付き合ってほしいんだ‼」

いや、だからぁ。繋《つな》がんねーよ！

「そもそも、何の話だよ？　一個も繋がらんぞ⁈　……つーか、お前も見てただろ？　それ作ったのは俺というか」

そう。

クラウスはただ【自動機能《オートモード》】で作成しただけで、なんの手間もかけていない。……厳密に言えばクラウスが作ったことになるのだろうが、実感がない。どちらかというとスキルの産物だとしか――。

「そう！　そのスキルだよ‼」

ガバッ‼

「どわぁあ?!」

「な、なぁ！　クラウス!!　頼むッッ」

再びのメリム！　つーか腕に抱き着くなし。って、うぉぉ……なんか柔らかいものががががが！　……「お兄ちゃん」——はい、さーせん。

「いや、だからぁあ！」

なんなの？

「そのスキルが必要なんだ!!　……【自動機能《オートモード》】にしか……。最高峰の腕前を持つと言われたお前にしか頼めないんだ!!」

「は、はぁ??　【自動機能《オートモード》】が最高峰って……」

おいおい、それってまさか、その錬金術の話か？

「おいおい。事情は知らないけど、おまえ……まさか、これが欲しいのか？　こんなんでよければいくらでも——」

「こんなん、じゃない！　こんなんどころじゃないぞ、クラウス!!」

びくッ！

「……だ〜もうッ！　一々くっ付くな！　は、離れろって——」

暑苦しい！　つーか、ひっつくとリズが凄い目するからさぁ！

「離れる、離れるよぉ！　だから、頼む……！　なんでもする。なんでも払う!!　どんなことでもするから——」

だーかーらぁ……。

「だから、来てくれよ!!　僕の故郷!!　北の大地にある……僕らの領地――」

　1万人が病で苦しむ、呪われた土地まで――――!!

「――――は、はぁぁぁあああ?!」

　……は?

　い、いちまんにんんんん?

　い、今。1万人って言ったか……コイツ――?

第13話「呪われた土地」

「――だからそう言ってるだろ！」

「いやいや、意味がわからん」

ぎゃーぎゃーぎゃー！

騒ぎながら帰路につくクラウス達。もっとも、騒いでいるのはメリム一人であるが。

「ぐむむ！　……お前全然信じてないだろッ！」

「信じろというのが無理だろ。つーか、情報量多過ぎるんだよッ」

ったく、一個もわからんわ。

メリムが言うには、自分は北方領土と呼ばれる王国の属州出身のエライさん一家の末の子供なのだとさ。

しかも、そのお家というのが、代々、高確率でユニークスキルを輩出する家系らしく、メリムもご多分に漏れず、ユニークスキルを授かったらしい。

もっとも、メリムの場合はユニークスキルといっても【直感《インスピレーション》】という目に見えるほどの優秀なスキルとは思えなかったため、末の子供という点を差し引いても、かなり冷遇されていたという。

「ほーん、で？　そんなイイ所のガキんちょがこんな田舎で何をしてたんだよ？」

「だからさっきから言ってるだろ！」

メリムの言う事情――。

「さっきからって、お前の妄想の領地で、謎の奇病が流行《はや》って、架空の領民1万人が苦しんでるって話かー？」

帰路に散々聞かされたので、筋まで覚えてしまったメリムのおとぎ話。

「お伽噺《とぎばなし》じゃねーよ！　ばーか！」

「それが人にものを頼む態度か」

ったく。

「まぁまぁ、お兄ちゃん。メリムさんのお話に付き合ってあげてよ――今日もいっぱい手伝ってくれたし、明日もいっぱい働いてもらわないと、だし」

はい、お茶。

そう言って、慣れた手つきで、二人の前に温《ぬる》めのお茶の入ったカップを差し出すリズ。

「お、サンキュー」「ありがとー。やっぱお前の義妹《いもうと》は気が利くよなー」

ズズー…………。

「…………ぶぽぉぉ！　って、リズぅ！　お前も僕の話を全然信じてないだろ！　あと、な～にをさりげなく、明日もこき使う宣言してんだよ！」ぎゃーぎゃーぎゃー！

突然、茶ぁを吹き出しクラウスの顔面に御吹っ掛けなさったメリムちゃん。

もちろんクラウスさんは、

「を～い、メリムの助ぇぇぇえ……」

プルプルプル。

「なんだよ、クラウ――」

ごっきん!

「あいだー! ぶ、ぶったなー! うぅう、頭凹むだろうがぁ!」

「アホォ! 人様に茶ぁふっかけといて詫《わ》びもなしか、この馬鹿たれが、まったく……!」

拭き拭き。

ったく。……YOUのどこにお嬢様要素あるねん?

チビで、貧乏で、小汚くて、居候で、態度もデカイし、オパイもデカ――。

「お兄ちゃん……」

「はい、すみません」

冷えわたったリズの一言に素直に謝るクラウス。

「だっせぇ」

「うっせぇ。一個もお嬢様要素のないやつに言われたないわいッ!」

「むぅ!」

プクゥ! と口を膨らませるメリム。思わずその頬をつつきたくなる衝動を抑えるクラウス。

「ふ~ん? でも、確かに、教養の高さというか、ほんとに、たま~~~~にメリムさんって頭いいとこ見せるよね」

「だろ、えへへ」

うん。メリム――それ、そんなに褒められてないからね。

「うん。東洋の計算機《そろばん》の読みかたも知ってたし、字も何気にキレイだよね――――あ、でも……お嬢様——え？　やっぱ女の子？」

いや、リズたん。そこ引っかかるとこちゃう——。

「……ん？　お前、計算機使って計算できんの？」

「は？　当たり前だろ」

いや、当たり前じゃねーよ。結構レアな技術だぞ、それ。

「む、むむ……？　ちょ、ちょっとお前——あ、あー……あれだ。入国証とか持ってる？」

「持ってるに決まってるだろ——ほらよッ！」

しっとり。

「——うわ、お前どこにしまってんだよ。大事なもんだろうがよ……ったく」

嫌な感じに湿った羊皮紙製の証明書を受け取るクラウス。

（ん～……どれどれ）

属国とはいえ、メリムのいう北方領土は一応国外扱いだ。そのため、入国には証明書がいる。どこの誰で、何の用事で——といった入国審査を経て発行されるものだ。もっとも、ある程度のお金さえあれば、犯罪者でもない限り、出入国に影響は…………………。

「…………え?!　お前、これ！　おまっ、マ、マジもんの——お嬢様だったのぉぉお」

クラウスの目に飛び込んできたのは、メリムの出身地と正規の身分であった————。

※　※

「ど、ど、ど、どぅぇぇぇええええええええ！」

ひっくり返らんばかりに驚くクラウス。

「ひぇ？　お、お兄ちゃんどうしたの?!　ゴブリンみたいな声だして？」

ゴブリンじゃねーわ！　コボルトだよ――って、そうじゃない！　これ！　リズもこれ見てぇぇえ！

「ほら、これぇ！」

「え？　……わ。これ、本物？」

本物だよぉぉお！　偽物作ったらシャレにならない罪になるもんだよぉぉお！

メリムから受け取った入国証をリズに示しつつプルプル震えるクラウス。

だって、そこには紛れもなく、北方領土の領主の名と立派な家紋が記載されていたのだから――。

「「……おっふ」」

クラウスとリズ、一瞬ばかり硬直。

だって、だって――だってなんだもん。

（やっべぇ。メリムの奴《やつ》、本物のお貴族様だったわ――）

……いや、め、メ、メ、メリム――さん?!　いえ、様ぁぁああ?!

そして、証明書ごしにメリムの顔をチラリとご拝謁……。う、うん。言われてみれば、どことなく気品が漂って御覧ぜらる――……か？

「ん？　なんだよ？　普通の証明書だろ？　……あ、密入国とかはしてねぇからな！　返せっ」

ばしぃ！　とひったくるように奪い返される入国証と、その姿勢のまま硬直したクラウス。

「はぃぃい！　お返しいたしますぅ！」「ますぅ！」

ペッコォォ！

どこまでも小市民のクラウス家の面々は、平身低頭、メリム様に書類をお返しになられましたとさ――。

「な、なんだよ？　いきなり、態度変えんなよ気色悪ぃなもー。……いつもどーりでいいよ、いつもどーりでぇ」

「あ、そう？」「うん、わかった」

ドカッ！　とテーブルに足を投げ出しくつろぐクラウス。

クラウスには熱いお茶のおかわりと、メリムには冷めたお茶を注ぐリズ――――。

「――……って、露骨ぅう！　お前たち兄妹《きょうだい》は露骨過ぎぃ！　……ったく」

ずずー。

「これでちょっとは信じたかよ？」

「ま、まーな。それにしても、お前がねぇ？」

メリムのツッコミをサラリと無視して、マジマジと――。

「な、なんだよぉ！」

「ほんと。私もびっくりだし、意外ぃ。メリムさんって、お貴族さんなんだぁ」

うん、そこな!!　クラウスもそこんとこ気になるわぁ。

瞑目《めいもく》しながら、うんうんと首肯するリズに完全同意のクラウス。

「は、はぁぁぁ?!　い、意外ってなんだよ！　意外ってぇぇぇ！」

「いや、言葉通りとしか言えんわ」

だってなー……。いきなりお嬢様ですって言われてもなー。ボロッボロの恰好《かっこう》で見るからに小汚いガキにしか見えないんやで？　そんなん、小汚い以外になんて言えっつうのよ。

…………確かに、リズの言う通り、たま〜〜〜〜〜〜に、教養のある素振りを見せていたけど……。

「た、たまにってなんだよ！　たまにって!!　どう見ても、教養の塊だろ！」

「「そういうとこやで」」

何が教養の塊だ。塊どころか、教養の欠片《かけら》程度だろうに……断言しちゃうよ？　……あと、そうやって噛《か》みつくとこな？

第一、貴族様がこんな田舎くんだりまで来て何やってんだか。

「それも説明したろッ！　僕のスキルがビビビ！　と来たんだよ！」

ビビビ、とねー？　それ説明か？

「それと、俺の作った低級ポーションとどう関係が――？　……領地の1万人が病だとかなんとかって話だったか？」

そんな低級ポーションくらいで治るなら、冒険者をやる前に、薬局行け、薬局。それか、錬金術師を当たれよなー。

「――いや、ここまで話せばわかるだろッ!!」

「わかんねぇから聞いてんだろ！　――そんなん、ええから、続けろぃ」

「ぐむむ……態度ぉぉお。く、くそぉ!!　み、耳ぃ、かっぽじってよ～く聞けよぉ！　……僕がこんな苦労してるのはだなぁ——北方で病が流行り始めたことから始まったんだ！」

どやぁ。

……いや、「どやぁ」って、なんで偉そうにしゃべんねん。お嬢様が発覚して調子に乗ってますか——？

って、

「「は、——流行り病??」」

今コイツ、流行り病って言ったか？　ただの風邪《かぜ》とかじゃなく？

思わずリズと顔を見合わせるクラウス。

「そ、そうだよ！　ずっと説明してたじゃん！　僕の故郷で、変な病気が蔓延《まんえん》してるって！」

「い、いやいや、ちょっと待てよ」

「聞いてない、聞いてないよー」

「言った！　言ってる！　ずっとその話してたっての！　——とにかく、人が石になる奇病なんだよ！」

え、えぇー？

「「い、石ぃ?!」」

クラウスもリズも驚いて口元を押さえる。……だって、そんな奇病聞いたこともない。

つーか……。

「……げ、原因はわからないけど、魔物の毒だとか、魔力欠乏が原因だとか、呪いだとか――」

――ズザザザザ……！

「やっぱ驚くよな？　ぼ、僕らだって一生懸命治療法を探したさ。…………って、なんでそんなに距離取るんだよ！」

「いや、今、石になる病気って――」

「う、うん。お兄ちゃん、私ちょっとお花摘みに――」

って、

「をぉぉぉおい！　し、失礼過ぎるだろ！　だいたい今までずっと一緒に飲み食いしてたろ！　ボク泣くぞ」

「わわ、飛沫《ひまつ》飛沫！」

「飛ばしてねぇよ！　あと、たまにだけど、中には僕みたいに病に平気な者もいたりすんのッ！」

「い、いやだってなー」

「う、うん……」

あーもぅ！

「だってもそってもねぇよ、まったくぅ……！　だいたいなぁ、薬の研究はもちろん、魔法研究だってしてんだよ。感染対策までは何とかできてるから心配すんなっての！」

た、確かにメリムと長いこと一緒にいるがクラウスもリズも今のところ平気だ。

「じゃ、じゃーそれでいいんじゃねーの？」

クラウスにできることがあるとは思えない。

なにせ、クラウスは薬剤師でも錬金術師でもないしな。

「よくないよ！　……時間をかけてできたのは、せいぜい進行を遅らせる程度の薬と魔法さ」

う、うーむ。

事情はわかったけど……。

結局は、誰にもどうにもできなかったらしい。その恐ろしい病が流行るにつれ、周辺の領地は、メリムの属州を見捨て――その地の封鎖に踏み切ったというのだから相当な被害だ。

「――び、病気を抑え込む、やむをえない方法だったんだろうけど――ぐすッ」

ついにはべそをかいてしまったメリムを、リズが優しく肩を抱いてやる。

「なるほどなー」

どーりで、お貴族のわりに貧乏でボロっちいわけだ。それに、いつも金欠っぽかったし――。

「その……。封鎖って、どのくらい？」

リズも痛まし気に話を促す。

「う、うん……。もう、1年はたつと思う――」

「い――!?」「1年んん?!」

お、おいおい、マジかよ。当然の処置と言えばそうなのかもしれないけど――。

「……だからって、1万人も?!」

「ひ、酷《ひど》い……」

あまりの仕打ちにクラウス達が顔を歪《ゆが》める。その属州は今や地獄だろう。

「……しょうがないよ。為政者ってのはそういうもんだってさ」

メリムは諦めたように首を振る。

封鎖のことは心情的には許せないが、そうせざるを得なかった事情もまた、理解しているのだという。

「もちろん、僕らだって手をこまねいていたわけじゃない――。ほんの小さな希望ではあるけど、治療の可能性だって、まったくないわけじゃないんだ」

「え？」「え？」

そう言ったメリムの目は死んでいなかった。そして、クラウスをまっすぐに見つめると言った。

「……クラウスも聞いたことあるだろ？　伝説の霊薬、エリクサーの話を――」


「「エリクサー⁇」」


思わず顔を見合わせるクラウスとリズ。

「なんだよ？　知らないのか？」

「いや、知ってるけど。…………って、おいおい。まさか⁈」

コクリ。

「そうさ。そのまさかさ。……あの病の唯一の治療手段と目されているのが……。そう、万病に効くと言われるエリクサーだよ。そして、そいつを探して全員に飲ませれば……」

　メリムの目に決意が満ちている。……満ちているけど。

「──お、おいおい。む、無茶言うなよ。エリクサーがそんなに簡単に手に入るかよ！　そもそも、数がないから伝説っていうんだろ？　……1本でも大変なもの──1万人分もあるわけねーだろ」

　そんなに数が揃《そろ》えられたら、そもそも伝説だなんて言われてないよ。そういうのは、量販品っていうんだぞ……。

「うん……。僕もそう思ってた……。1万人を救うためには、世界中からかき集めても、到底足りないって。……実際、いろんなギルドで聞いたんだ。エリクサーの数は世界中かき集めても、100本もないだろうってさ……」

　あ、あー……。それでコイツ各地のギルドに顔出してたのか。

「事情はわかったけどよ。……それと俺に何の関係があるんだ？　言っとくけど、俺はエリクサーなんて持ってないぞ？」

　だいたい、少量あったところで、とてもとても。

　……まぁ、持ってたら売ってやるくらいしてやってもいいけどさ。これでも、知らない仲でもないしな──。

「そんなの知ってるわい。お前んチでバイトしてどれだけ経《た》つと思ってんだよ！」

「だったらわかんだろ。お前、相談する相手間違えてるぞ？　──……あ。ちなみに、『自動資源採取』では、エリクサーのような完成品を探すことはできないからな！」

ついでに言えば、『自動作成』も、使ったものしか作れない。

仮にできたとして、1万人分なんて無理寄りの無理だろう。材料集めだけで一生分の時間を使いそう――……。

「マンドラゴラ、」

ん？　マンドラゴラ⁇

「急になんだよ？」

「……エリクサー作成に必要な材料さ。それに、ドラゴン種の肝、そして霊光石にetc.――……」

呪文のようにブツブツと唱えるメリム。なんか聞いたことのあるものばっかなんだけど――。

「……これらの材料があれば作れるんだよ」

「へ？」

「言っただろ？　それらがあれば作れるのさ、エリクサーがッッ！」

クワッ‼　と目を見開いたメリムがそう告げる。告げるのだが――。

「お、おう……」

「へ、へー」

思わず引いちゃうクラウスとリズ。

だってなー。うん、すごい――すごいよ？　すごいけど……。

「俺は無理だぞ？」

「そうだよ？　メリムさんも知ってるでしょ――お兄ちゃん、そんな使い勝手良くないよ？」

「そうそう……って、」

リズさ〜ん、言い方、言い方ぁああ！

「そんなことない！　クラウスならできる！」

「いや、できねーよ。勝手に自信持つなっての。……お前さ。まさか、【自動機能《オートモード》】でエリクサー作らせようとしてないか？」

「ドキッ！」

いや、ドキッじゃねーよ。バレバレだわ。つーか、さっきも言ったよな？

「使ったことないってさ。……おまえ、俺がエリクサーをグビグビ飲んでるような奴に見えるか?!」

そんな薬あったら売っとるわーい!!　そんでリズに可愛《かわい》〜ぃ服を買っとるわ！

「う、わ、わかってるよ。だけど、並の錬金術師がやるよりもはるかに成功率が高いんだ！」

「バーカ。仮にできたとして、素材はどーすんだよ、素材はぁぁぁあ！」

……仮に持ってたり、使ってたりしたとしても、マンドラゴラ、ドラゴン種の肝、霊光石——etc.……。材料もないのに作ってられるかよ。完成まで何年かけるつもりだ。

「それなら大丈夫！」

「は？」

「僕ら、北の民を舐《な》めるなよ。……なにせ、僕らの命がかかってるんだ!!　だから、動ける人員を総動員してかき集めたんだよ！」

「へ……？　マジか？」

か、かき集めたってまさか——。

1万人分を?!

「そうさッ！　もう、材料はほぼそろっているんだよ！　そして、1万人分の材料は、僕の故郷にある!!」

だから！

「あとは、エリクサーを作れる錬金術師さえいれば万事解決するんだよ！」

バーン!!

そう言い切ったメリムに、クラウス&リズ、びっくり——思わず絶句する。

だって、どれもこれもすっげぇ、高いやつばっかじゃん!!　普通の人間なら一生かけても、絶対無理だろ?!

「へへ、そう思うだろ？　…………僕も思ったさ。だけど、ホントここ最近なんだけど、突然、それらが市場に出回るようになったんだよ！」

…………ん？

「巨大な霊光石に、質のいいマンドラゴラが複数だぜ?!　驚いたのなんのって——！　しかも、量が量だから、急に値が落ちたうえ、数も十分！　そのおかげでなんとか人数分をそろえることができたんだ」

れ、霊光石に、マンドラゴラ??

「へ、へー。マンドラゴラにレイコウセキガー」

……な、なんだろう、すっごいデジャブ——。

「そして、聞いて驚け？　最後の材料のドラゴン種の肝！」

「お、おう」

ドラゴンの――肝な。そう、それな……。

「へへ、実は、これが一番大変でさ。なにせナ、マ、モ、ノ、だろ？　ただでさえ希少な肝が1万人分なんて、正直とても無理だと思ってたんだよ――」

ニヤリと笑うメリムに代わって、思わず喉を鳴らしたクラウス。

「ま、まさか――」

「へへ、そのまさかさ。……お前が仕留めた、あのアークワイバーン!!　あれで全部解決したんだ！　――つまり、」

ガシッ！

「お前が全部解決してくれたんだよ、クラウスぅぅぅ!!」

※　※

――情けは人の為ならず。

言葉の意味は、情けを掛けるのは人のためではなく、自分のためであるという――なんとやらだ。

つまり、情けは巡り巡って。自分への福音となって帰ってくるというのだが――……これはちょっとどうなってるんだ？

もちろん、メリムに情けを掛けたわけではないのだが、因果というかなんというか、まさか【自動機能《オートモード》】の検証と金稼ぎのためにやったことが巡り巡ってここに帰って来るとは——いやはや……。

そして、今。感極まったのか、クラウスの首元に抱き着くメリムに目を白黒させるクラウス。

突然の恩人宣言されて抱きつかれても何が何やら——……っていうか、そろそろ離れてくれないとリズの目が怖い。

「ま、まぁ、その——色々準備ができているのはわかった」

メリムの事情は痛いほどわかったし、材料がそろったこともわかった。

わかったんだけど——……。

「——何度も言うが、無理なもんは無理だぞ？」

「いや……！　おまッ!!」ズルゥ！

思わずズッコケるメリム。

「え？　いやいや、なによ？」

なんか変なこと言ったか？

「いやいや！　え、えええ？　そこはほら——……一肌脱いで、『メリム、あとは俺に任せろ』的な感じになるんじゃ？」

「え？　ならんだろ？」

つーか、何ができるってんだよ。

『自動作成』は、一度使ったアイテムを、必ず自動的に作成できるスキル。

つまり、材料はあっても、エリクサーを飲んだことのないクラウスではどうやっても再現不可能なわけで――。

「材料はあるのはわかったけど、肝心のエリクサーはどうすんだよ？」

「……そ、それは――そ、その……ぐむ」

なにか言いたげなメリム。何度か口をパクパクするも、結局言葉にならずに宙空に溶けていく。

気持ちはわからんでもないけど……、無理なものは無理なのだ。

ガシガシと頭を掻《か》きつつ、クラウスは現実的な提案をする。

「あーその――なんだ。……材料があるなら、もっと高名な錬金術師を頼った方がいいんじゃないか？　――ちょうど、リズが錬金ギルドに所属したんだし聞いてみればいいじゃねーか」

餅は餅屋だ。……なら、エリクサーは錬金術師だろ？

「あぁん！　バカ野郎。そんなの、とっくに試してるよ!!　だけど……」

激昂《げきこう》するメリムをどうどうと諫《いさ》めつつ、

「だけど、なんだよ？」

「無理なんだよ！　エリクサーの調合の成功率は恐ろしく低いんだ。……どれほど経験豊富な錬金術師でも、10回に1回成功すればいいほうだって」

な?!

「じゅ。10回に、1回!?」「ええっ?!　そ、そんなに低いの？」

これにはクラウスもリズもビックリ。二人して同じ顔で同じタイミングで口元を覆う。

「そうさ！　だから、今までだって誰も引き受けてくれなかったんだ！　いくらお金を積んでも、頼みつくしても――」

「む、むぅ……」

そう言われてしまえばクラウスも二の句が継げなくなる。

「そう、だね。……錬金術は一種の化学だし。失敗のリスクは常に自分に降りかかるから――」

リズも知ったばかりの錬金術知識を思い浮かべて顔を沈ませる。

……ましてや、それが希少な材料から作られるレアアイテムならなおさら。よしんば成功したとしても、1万人分を作るには、とても材料が足りないだろう。

「なるほどな……。それで、【自動機能《オートモード》】で作ってくれってことか――」

メリムの言いたいことはわかった。

だけど、

「う～ん……。色々借りもあるっちゃあるからなー。協力してやるのはやぶさかじゃないんだが……」

宙空に視線を這《は》わせて思案するクラウス。

（むー……材料があるなら協力自体は難しくはない。……ないけど）

さすがに1万人分ともなれば、かなりの重労働だが、そこは【自動機能《オートモード》】の仕事だ。大量生産すれば、その作成速度も上がるはずだしな……。

だが、問題は――。

「エリクサー……そのもの、だな」

「う……」

そこで、言葉に詰まるメリム。クラウスの言わんとすることが理解できたようだ。

「や、やっぱし、エリクサー使ったことなんて……ないよな？」

チラリと上目遣いでクラウスを見上げるメリム。

（うむ……）

——ごんっ！

「あだ！　な、何すんだよ！」

「辛気臭い顔すんな！　……つーか、知ってて聞くなや」

見えるか？

「この俺が、エリクサー使っている風に！」

「だ、だよなー」

ごんっ！

「いっだー！」

「失礼な奴だな！　……まぁ、当然使ったことないけど」

「じゃ、じゃー殴るなよー」

涙目のメリム。……まぁちょっとは元気出たんじゃないのか？

「はぁ？　まさか慰めるつもりで殴ったのか？」

「おう。あんまし、メソメソしてるからな。ま、やりようはあるだろ？」

「え？」

それを聞いて、キョトンとするメリム。

「なんだよ？　手伝いはいらねぇのか？」

「い、いや……そんなことはないけど――」

意外にもあっさりと手を貸してくれるクラウスに面食らっている様子のメリム。失礼な奴だ。

リズの手前、カッコ悪い真似できるかよ！　だいたい、リズがさっきから目で訴えているのだ――手伝ってやれってさ。

材料から集めるならともかく、材料がそろっているんだ。それなら時間的な問題もほぼ解決できていると言っていい。

「なら、決まりだ。よーし、まずはエリクサーの入手から考えようぜ」

「え？　いや……え？　マジでいいのか？」

散々渋っていたクラウスが急に態度を変えたものだからメリムも戸惑っている様子。だが、話を聞けば不可能ではないとわかったのだ。

「二回も言わすな、男に二言はねぇ！」

「ク、クラウスぅ……」

その言葉に、感極まったのかまた目じりに涙を浮かべるメリム。

「ありがとう、クラ――むぎゅ！」

「ストーップ」

反射的に抱き着こうとしたのを、リズが押しとどめつつ、がっちりとホールド。

「うぐ……」

「ったく、油断も隙もない。……けど、よかったねメリムさん」

にこっ。

リズの美しい笑顔にニヘラと顔を緩ませるメリム。……めっちゃアイアンクローされたままだけど。

「お、おう……！」ぱんぱん！

タップタップ！

「……とりあえず、今は俺のほうを手伝え。そしたら、協力できる範囲までならやってやる」

ぶっちゃけ、作るのは【自動機能《オートモード》】だしね。

それより、エリクサーが見つからない以上、まずは家の再建からだ。

「そーねぇ、じゃーこういうのはどう？　市場に出回らないんだったら、いっそ、丸損覚悟で、錬金術師に頼んでみたらどうかな？」

おぉ、なるほど！　ナイス提案——リズ！

「確かに、10回に1回は作れるなら、いっそ失敗覚悟で作ってみるのも悪くはなさそうだな」

なにせ、1万人分の材料があるんだし、少々失敗しても、最悪…1本再現できれば、それをもとに、残りを作ればいい！

「リズ冴《さ》えてるな！」

「えへへ」

褒めるクラウスと照れるリズ——…………っていうか、そろそろメリム離してやりな？　顔、真っ赤を通り越して真っ青だぞ？

「ギ、ギブ……」

「あ――ごめん」

「ぶは――――――！」

げーほげほ！

「こ、殺す気かぁぁぁぁ！」

ちょっと大げさなくらいメリムがえずいているが、まぁ元気元気。

「元気じゃねーわ！　意識の果てに、じっちゃんとばっちゃんが手ぇ振ってたわ！　あと、【直　感《インスピレーション》】が警報発しまくりだったつ〜の！」

さすがリズ。

メリムの【直　感《インスピレーション》】を事前に感じさせないほど、殺気を抑えるとは――さすがマイシスター！

「いや、褒めるとこおかしいからな！　領民救う前に、僕が救われないとこだったぞ！　まったくもー！」

それはそれとして――。

「さっき言ってたやつ……難しいと思うぞ？　10回に1回ってのも、本当にうまくいったらの時らしいぜ。……実際はもっと成功率は低いんじゃないかなー。第一、材料はギリギリだ。――なにより、誰もビビって手を貸してくれないさ」

散々錬金術師を探したメリムがこう言うのだ。

なにせ、錬金術師だって人間だ。プライドだってあるし、作れないものを作れるとは言わないだろう。

確かに、金を積めばやってくれるような三流もいるかもしれないが、そんな奴に預ける材料はない。

「むぅ……」「そっかー」

いい案だと思ったが、案外難しいものだ。

しかし、作成するのが困難となれば、やはり、なんとかして入手するしかないだろう。

「そうすると、ギルドかー」

「冒険者ギルド以外にも、色々聞いて回らないとだねー」

メリム達が全力で探しても市場に出回らないということは何か理由があるはず。

……まずは、それを念頭にして調べてみるか。

「よし‼　じゃ、今日は夕暮れも近いし、情報収集は明日にして――今できることをやるぞ、メリム！」

「お、おう！　任せろ――って、え？　やるって、なにを？　情報収集じゃなくて――……？」

何言ってんだ。こんな時間にギルドに行っても酔っ払いしかいねぇよ。

なら、

「……決まってんだろ？　今俺たちとお前にできることと言えば――」

「い、言えば――？」

ゴクリと唾を飲み込むメリムに向かって――ポイッっと、クラウスが投げ渡すもの。

それは……。

「ほぁ？　ハ、ハンマー？　え、これって――……。な、なにすんの？」

そりゃぁ決まってんだろ？

「え？　え？」

ニヤリ。

「「もちろん、クラウス家の再建、再開だぜ」だよ」

「………え。……えええええええええええええええええええ?!」

ま、まだやるのおぉぉぉぉおおおおおお！

同じ顔をして笑うクラウス兄妹を見てメリムの悲鳴が辺境の町の住宅街に響いたとか響かなかったとか。

そして、大騒ぎのクラウス家を見渡せる仄暗《ほのぐら》い路地の陰からも、首を傾《かし》げる人物がひとり。

クラウス達の様子を窺《うかが》う影は、なにをかくそう――小柄で際どい服装のダークエルフの少女、ティエラだった。

……そう。彼女は言わずと知れた、ギルドの雇われ監視員で中級冒険者。先日より、サラザールの依頼で、クラウス達のユニークスキルの秘密を探るべく動向を逐一監視していたのだが、ここに至り、首を傾げているのであった。

「――んん～？　あいつら、なんでエリクサーを⁉」

第14話「オプション機能」

「うー……腰がいてぇ」

トンテンカ────ン!!

カン、カンカン、カ─────ン!!

……それから数日後。

いつも通りに、クラウス達はスキル検証やメリムの情報収集に手を貸しながら、家の再建作業と、目まぐるしく働いていたのだった。

「って、おーぃ！　いつも通りじゃねーよ、クラウスぅぅう！　僕をこき使いやがってぇ」

ドサリッ！　汗だくのメリムがようやく形になってきたリビングに突っ伏して梁《はり》の上のクラウスに乱暴に話しかける。

「おいおい、勝手に休むな、早く角材もってこい！」

しかし、クラウスも負けじと反論。ペチ～ンッ！　と梁の上から汚れたタオルをメリムに投げる。

「ぷわっっ！　くっさ！　てめぇ、ごらぁ！」

上と下でブンブンッとタオルを投げ合い、無駄に体力を消耗する二人であったが、さすがにメリムが折れると、汚れたタオルを頭にのせたまま大の字になって寝転んだ。

「あ～ったく、もー。……とりあえず、目途ついたら休もうぜ――もう、くたくただし腹ペコだよ」

汚いタオルで顔を拭いつつ、ペイッ！　と、脇に捨てたメリム。

ついでに、腹が減ったと小さな腹がぐーぐーと音を立てる。

「な～にが腹ペコだ。お前、さっきもそう言ってただろ？　いいから、チャッチャと終わらせてから、食え」

まったく、育ち盛りのガキか！　…………あ、ガキか。ガキもガキ。クソガキだった。

「お前！　今クソガキとか考えてただろ‼」

「うっせーなー。考えてねーよ、クソガキ」

「口出したら一緒だっつの‼」

ピーピーと口喧嘩《くちげんか》の絶えない現場にリズがカーテン生地を抱えてやってくると、ため息一つ。

「もー……。二人とも、またサボってる‼　こっちも全然手が足りないんだから、キビキビ動いてよー。あと、お兄ちゃんは建材買ってきて！」

「へいへーい。今行く――ぶっ！」

梁から飛びおりた瞬間、ペシっとメモ帖《ちょう》を張り付けるリズ。なになに――？

「釘《くぎ》にタイルに布ぉ？　す、すげぇ量だな――」

桁を一つ間違えたのかと思わんばかりの量だ。全部、修繕用の資材だが、一回で運ぶのは少々しんどい。これはメリムにも手伝ってもら――……って、おい！

「メリム――休憩はまだ先だぞ！」

「チッ！　わぁ～ってるよ‼　――ったく。……ちょ、ちょっと、席を外すからな‼」

「あ?!　また、クソかよ」

クラウスのこき使いオーラを感じたのか、そろりそろりと逃げ出すメリムを目ざとくとらえるも、さすがに便所までは咎《とが》められない――。

「べ、便所とちゃうわー！」

うるせぇ、どう見ても、大便スタイルだろうが。

「ったく。……トイレに行ってる分もバイト代から差っ引くって言ったからな？　それと、今日はこれで3回目だからな」

「おう、行ってくる――って、なんで把握してるんだよ、このヘンタイがぁぁぁあああ！」

ブンッ！　と投げつけられたハンマーをひょ～いと軽く片手で受け取るクラウス。

「そんじゃ、俺は市場まで買い物行ってくるからな。……お前はサボんなよ！」

「やっかましい――死ねぇぇぇえ、大変な変態のクラウスぅぅ」

はっはっは!!　時は金なりッ――……っと、真っ赤な顔したメリムがピーピー騒いでいるのをさら～りと無視して、意気揚々と臨時の市場の方に向かったクラウスであった。

「いってらっしゃ～い！」

そして、市場――。


かーんかーんかーん♪

とん、てん、かんっ！

相変わらず槌《つち》の音が鳴り響くボロボロの住宅街を抜けると、市内に繰り出したクラウス。

町は壊滅状態だが、露店商は盛況だ。軽食屋台のほかにも、ガラクタや建材を売っているため、利便性が高い。せっかくなので、クラウスもあちこちで開店している露店で必要なものを買い集めていった。

「さーて、リズのお使いは――っと」

え～っと、釘にタイル。……お、あったあった。あとは、布もだったか？

補修資材と内装用の資材なんかも買い求めた。さすがに一人では運びきれないので、ほかの建材なんかを山積みにして荷車に乗せる。その量にちょっと怯《ひる》むクラウスさん。

……いや、だって――これ全部建築資材ですよ！

「まったく、綺麗《きれい》さっぱりやってくれたな」

再建が進んでいるとはいえ、町の崩壊具合は酷《ひど》いものだ。崩壊し、やたらと風通しの良くなった町を改めて見回したクラウス。

もっとも、思ったほど悲愴感はなく、むしろ再建のエネルギーを感じられる活気に満ちている。

それというのも、ギルドらの判断が早かったおかげで人的損害がほとんどなかったおかげだろう。

実際――【自動機能《オートモード》】で倒せなかったらどうなっていたことやら。

崩壊した町を手をかざして透かし見るクラウスは、一人物思いにふける。

――【自動機能《オートモード》】か……。

復興しつつある町と、遠くに沈みつつある太陽をギュッと握り締めるようにして視線を切ると、再び家に向かって歩を進める。

（メリムがあてにするわけだ。確かに、とんでもない力を秘めたユニークスキルなのは間違いない……）

単身、アークワイバーンを下《くだ》し、次はエリクサーの大量生産を試みようとしている。

やっていることは冗談と戯言《ざれごと》のオンパレードだが、本当にできてしまうのだから凄《すさ》まじい。

もっとも、今は大量の荷物を運ぶ時に便利な『自動帰還』くらいしか使い道はないけどね――！

「あっ。自動帰還と言えば……！　リズのユニークスキルの検証や、俺の新スキル『自動作成』の検証やらで忘れていたけど、レベルアップと同時に新しい機能（?）が追加されてたっけ?」

なんだかんだあって忘れそうになっていたことを今思い出すクラウス。

「え～っと。――ステータスオープン！」

小さく念じると、ぶぅぅん！　と空気の震える音とともに現れるステータス画面。

それをじっと凝視すると、

「…………あ、あったあった」

スキルLv1『自動帰還』のサブウィンドウにさりげなく追加されているそれ。

一見して、変化がないようにも見えるが以前はこんなものはなかったはず。

「≡」

そうそう、これこれ。

「え〜っと……。これを押せばいいのか？」

【自動機能《オートモード》】Lv1『自動帰還』の右上に追加された「≡」マークを注視するクラウス。

どうやら、それを選択《タッチ》することで、様々なオプションが選べるようになるらしい。

「ふむ……。オプションとな？」

確か、アークワイバーンを討伐した時に出現した新機能だ。何かしら有用なのは間違いないと思う。

「よし――いい機会だから試すか。……ぽちっとな」

ためらいなく「≡」を選択するクラウス。

すると、軽快な音とともに『自動帰還』に追加の選択肢が表示されるではないか！

「お、おぉ〜。なんだこれ？　え〜っと、」

『経済重視』と『時間重視』⁇

……なんだそりゃ。

「試しに追加してみるか」

恐る恐る『自動帰還』のオプション機能を試すクラウス。

――『時間重視』をポチリ。

「む、むむ……！　……これってもしかして」

すると、なんということでしょう〜。

いつもの【自動機能《オートモード》】に加えて、帰還時間が微妙に短縮されていることに気付くクラウス。そして、見慣れない表示が一つ。

ぎ、銀貨2枚？

「………な、なるほど、わかったぞ………！　『時間重視』ってのは、お金を払って、かかる時間を短縮できるのか！」

ふと傍らにある看板に、レンタルの馬の値段が記載されていたことでインスピレーションを得たクラウス。

なんということはない、馬の借り賃が半日でなんと、ちょうど銀貨2枚だったのだ。

つまり、オプションの『時間重視』というのは——お金を使ってでも時間を短縮する追加機能ということだ。

「むぅ、便利——……なのか？」

いまいち、ピンとこなかったものの、なんとなくオプション機能の使い方がわかってきたクラウス。

どうやら、特定の条件化でより便利に【自動機能《オートモード》】を使うものらしい。

「お、Lv2の『自動移動』にも同じオプションがあるな」

その他には、Lv4の『自動戦闘』には、『制圧』やら『高速戦闘』やら色々と——。

具体的には、『制圧』モードを使用すれば、なんと、相手を殺さず制圧することが可能となるらしい。

「それって、すごく難しいんじゃ……」

つまり、命を取ることなく制圧してしまうというもの——……モンスター相手には活躍の機会が少なそうだが、それ以外の、例えば対人戦闘には絶大な威力を発揮することだろう。

ま、それはさておき、

「オプション使ってまで帰るほどじゃないな。……ちょっと荷物は重いけど、このまま押して帰るか」

いっそ『自動帰還』で帰っても良かったが、白目をむいて帰還する兄を見せたくないクラウスの思い。……わかってくれるか？

寄り道もしたいしね。

「うん。腹ペコメリムのために途中でなんか買っていくか」

エリクサーの調査が難航しているせいか、日に日に焦りを募らせていくメリムを多少なりとも労《いたわ》ってやろうと思いつくクラウス。

日中は焦りを忘れさせるために仕事を押し付けて無理矢理にでも忙しくさせているが、夜になって休む段階で結構暗い顔してやがるんだよな……。

とはいえ、個人でできる調査には限界がある。だから、今は錬金ギルドや冒険者ギルドからの連絡待ちという、なんとももどかしい時間なのだ。

「……ま、食えば元気になるよな――っと⁇」

あれは……。

適当に露店で串焼きや、黒パンなんかを帰る道すがら購入していると、すっかり見晴らしの良くなっているクラウス家に訪問者あり……げッ。

「なにが、『げッ』……ですか、クラウスさん」

ニコッ——と目が笑っていない顔でクルリと振り向くギルド職員のテリーヌさん。

……うげげ、最近なぜかクラウスへのあたりが強いので、ちょっと苦手——。

「苦手なのはお互い様です」

「いや、俺……。口に出してませんよ？」

　顔に出てんだよ、テメぇ！　…………と、言わんばかりにテリーヌさんが静か～に睨《にら》むので、クラウスはなるほどと納得。「うんうん」表情って、誤魔化せませんものねー。

「あ、お兄ちゃん、おかえり！　えっと、こちらのテリーヌさんが、メリムさんと一緒にギルドに出頭しろって…………なんかしたの？」

「——してねぇわ!!　なんで、なんかした前提で聞くんだよ、リズぅ!!　……お兄ちゃん悪いことするように見える？」

ん～……？

「——メリムさんの便所の回数数えてるとかは普通にキモイと思ったよ？」

「僕も思った」

　——うるせぇ!!

「え。便所の回数数えてたんですか?!　最低ですか？　人間ですか？　つーか、普通にキモイですよ、クラウスさん。セクハラですよ？　頭と常識のほうは大丈夫ですか？」

「いや、常識はともかく、頭は大丈夫ですから！　……って、常識あるわーい！」

なんやねん！　——頭と常識って！　どっちもしっかりしとるわい！

「つーか！　なんですか、わざわざぁ！　人んチまで来て、嫌味とかキモいですよ、テリーぃぃいいいいだだだだだだ!!」

　メリメリ。

「人様に向かってキモイとかいうなし？　あと、女性ですよ、私」

「いだだだだだ!!　つぶれる潰れるぅ!!　つーか、先に言ったのテリーヌさんじゃん!!　いだぁぁあああ！」

　見事にアイアンクローを決められジタバタと暴れるクラウス。

　最近はレベルが上がった気がするけど、全然太刀打ちできない!!　さすが荒くれ者の多いギルドの職員――自衛以上の力ががががががあ!!

「さーせん！　さ―――せ――ん!!」

　出る出る！　出ちゃうぅっぅぅうう！

「あわわ、お兄ちゃんの頭の形ががががが」「ひ、ひぇぇえ、なんか変な汁出てるぞクラウスぅ！」

　パッ――どさり。

「まったく――伝えましたからね。じゃ、私はこれで、」

　い、いってー……。に、二度と来んな、バー

　――クルリ。

「なんでもありまてーん。お気をつけて～」

　さーせんっしたー。

「ええ、ご機嫌よう」

ニッコリ。

綺麗な笑みを浮かべるテリーヌを見送ったクラウスは、彼女の姿が見えなくなるまでニコニコと手を振って見送った。そして、姿が見えなくなったところで——。

「ばーか!!」

チラッ。

「バ、バーかなー。それとも、パブ風にするか、リズ？　台所の意見なんだけどさー♪」

おっふ……。

物陰から顔を見せつつ、ひと睨みして帰っていくテリーヌ様を見て硬直するクラウスさん——。

「……いや、今のはだいぶ苦しい誤魔化し方だよね？　お兄ちゃーん」

「猛省します……」

自業自得だよ、と言わんばかりにため息をつくリズはクラウスを無視して、クラウスが買ってきてくれた食事を夕焼けのもとにテーブルに並べた。

「さ、いい時間だし。夕飯にしよ——ギルドの用件も気になるけど、まずはご飯、ご飯♪」

「おー！　飯じゃん！　へへ、ありがたやー」

お前らもちっと、なんかないの……？　お兄ちゃん、頭潰されかけたのよ？

「大げさだなー」「ほんとほんと」

君・た・ち——！

「ったく。メリムだって無関係じゃないんだぞ？　ギルドからの呼び出しってのは、だいたいは、な~んかろくでもない用件なんだぞ」

「お前が言うと重みがあるなー、いよっ！　呼び出され常習犯のクラウスぅ！」

「調子にのんなッ」

「あだッ！」

茶化すメリムを小突きながら、こういった時の予感ほど的中するものはないと、内心うんざりするクラウス。

少なくとも報酬の話ではないだろう。

「まぁまぁ、まずはご飯にしよ」

「だな。……腹が減っては戦はできんというし」

「そうそう。なにごとも飯から始まり飯に終わるんだぜぇ」

リズが並べる食事に早くも腹をぐーぐー鳴らすメリム。

さっそく、パンにかぶりつこうと手を伸ばして――。

「あ、メリムさん。ご飯の前に手ぇ洗ってきてね」

「そうだぞ。……お前、さっきウンコ行っただろ？　ちゃんと手を――」

「「デリカシー!!」」

……さーせん。

エピローグ「ギルドの悩み」

小一時間後。

クラウスの予感が的中するがごとく――、夕方の冒険者ギルドにて、

――カランカラ～ン♪

さわやかなカウベルが鳴り、辺境の町の冒険者ギルドに来客を告げる。次々に入っては出撃していく冒険者たちに交じって、護衛依頼や採取の依頼のために訪れる商人たち。最近では、建材系の需要も多くひっきりなしだ。

……しかし、そんなさわやかな音とは打って変わって、重苦しい空気が漂っているのは、ギルドの賑《にぎ》わいから離れた奥の部屋。

そのギルドマスターの部屋で――

「――フィールドオーバーぁぁぁぁぁぁああああああ⁇」

突如、ビリビリと響き渡る大音声！

シンッと静まり返っていたギルドマスターの部屋から響いたその声に、ギルド中の冒険者や商人達がびくりと震えた。

「なんだなんだ？」「す、すっげー声⁉」「い、いま、フィールドオーバーって？」

ヒソヒソ、ザワザワ。

再建中の冒険者ギルドに広がる不穏な空気。

そして…………、

「メリムさん。最初に言ったはずですよ——ここだけの話だと」

「あ、さーせん」

せっかく人目を忍んでギルドの奥、ギルドマスターの部屋で顔を突き合わせていたのだが台無しだ。

「まったくもー。なんのために、奥の部屋で話していると思っているんですか……」

「さ、さーせん」

「さーせんしか言えないんですか？　ほんとに困った馬鹿な子ですね。だいたい意味のないほど、バカでかい声で機密情報を漏らすバカだとは思ってもみませんでしたよ」

馬鹿と3回連続で言われたメリムは恐縮して小さくなる。

その様子に、頭を抱えるサラザールであったが、すぐに気を取り直すと、

「はぁ、仕方ない子ですね——。以後、気を付けて」

「あ、はい。さーせん——……って、いやいやいや！　そうじゃない、そうじゃないだろ?!」

素っ頓狂な声を上げるのは、もちろんギルドの出頭命令こと——サラザールとの面会申し出に応じたクラウスと、筆頭として呼び出されたメリム。

そして、ついでと言ってはなんだけど、町の治安が不安定な今、鍵もない家に、留守番させるわけにもいかなかったので、なし崩し的についてくることになったリズの3人だった。

「おまえ、さっきからうっせぇよ！」「め、メリムさん、声大きい……」

至近距離でかつ、連続でメリムの大声を聞いたクラウス兄妹《きょうだい》から非難轟々《ごうごう》。

だが悪びれないメリムは興奮しっぱなしで、半壊し見晴らしの良くなったギルドの一室で叫び続けるのだった。

「半壊して、見晴らしがいい部屋ですみませんねー」

「そこまで言ってねぇよ！　って、そうじゃなくてフィールドオーバーって、あのフィールドオーバーか？　そんな話、半壊した部屋で言っていいのかよ！」

半壊した部屋って、言っとるやんけ。

「あのねぇ、メリムさん。これでも、ちゃ～んと、遮音結界付きなんですよ。……ま、軽く凌駕《りょうが》するほどの声でしたけどね――」

ずずー……。茶を啜《すす》るサラザールがジロリとクラウス達をまとめて睨《にら》むも、「うーんうーん」と、相変わらずのでっかい声でピーピー騒ぐメリムに一同頭を抱える。

「いやいや。のんびり構えてるけど、フ、フィールドオーバーって、あれだろ？　な、なんか、駆除されなかったモンスターが湧きに湧いて、ついに決壊するやつ。『ダンジョンブレイク』のフィールド版だよな？　確か、滅茶苦茶な数のモンスターが、フィールド外にも湧くとかなんとか――」

「えぇ、そうですよ。……説明ありがとう。メリムさん」

ずずー。

「えへへ」

なぜかドヤ顔で照れているメリム。

「いや、一個も褒められてないぞ⁉」

そして、余裕の表情で茶ぁ啜っているギルドマスターのサラザール……。

つーか、フィールドオーバー発生してるんだよね⁉　え？　なんでそんなに危機感なさそうなの⁉

「まぁまぁ、落ち着きなさい。3人とも、まずはお茶菓子でも」

「「「あ、ども――」」」

ポリポリ。

「なにこれ？　うまい」

「ほんとだ、うまい」

「しょっぱいのがお茶に合うね――」

香ばしくておいしい。

「東方のお菓子――『おせんべい』よ。気に入った？」

へー、おせんべいっていうのか――。

「うん！　おかわり――って、そうじゃなぁぁっぁあああい‼　僕は子供か！」

「いや、子供だよね？」「えぇ、可愛《かわい》い子供ですよ」

――ちっが――――――う‼

クラウスとサラザールのあんまりな反応にピーピー騒がしいメリム。

「そうじゃない‼　そうじゃないだろ‼　なんで、フィールドオーバーとか起こってるのに、茶菓子勧めてんのって聞いてるの！　しかも、呼んだのそっちだろぉぉお‼」

ふーふー！　と肩で息をするメリム。いやいや……おせんべい食って口パンパンにしながら言っても危機感ねぇよ。

「まぁまぁ、話を聞きなさい。それにフィールドオーバーが起こってるのはこの近辺じゃないわ」

「……は？　どゆこと？」

っていうか、なら何の関係が――。メリムと顔を見合わせるクラウス。

「……それについては私《ワタクシ》が説明するわぁ」

「「ッ!!」」

……お、

「お前はッ!!」「あ――――！　あの時の性悪女じゃん!!」

ずるぅ！

登場早々散々な言われようの――性悪女こと、ミカ・キサラギ。

「あ、あ～らあら、数日ぶりだってのに、随分な言われようねぇー」

カラカラカラ……と、木偶人形に車いすを押されながら、頬をひくつかせつつ登場したミカ。

「お、お前……その体」

ミカの姿を見て、クラウスの顔が引きつる。

「なによぉ、そんな目で見ないでくれますぅ？　同情とかうっとうしいんでぇ」

「な、なんだよ、それッ！　お前、自分らが何やったかわかってんのか!!」

メリムの至極当然の指摘を、「ふふん」と不敵な笑みで無視するミカ。しかし、その顔色はとてもいいとは言えない。

真っ青な顔は……いや、それを通り越して土気色にも見える。こいつ、マジで大丈夫か？　普通の怪我《けが》じゃなかったはずだけど――……。

先日、最後にミカを見た時は、とても助かるような傷じゃなかったはず。実際に同じように怪我を負った『特別な絆《スペシャルフォース》』側の古強者《ふるつわもの》アベルは、息絶えているのが確認されたのだ。

――それが、まさか生きていたとは……。

「だから、そんな目で見ないでくれますぅ？　ちょ～～っと、内臓が減っちゃいましたけどぉ、私の【生命付与《ライフオブライブ》】なら、それくらいなんとでもなりますからぁ」

そういって、そっと車いすの下の毛布を剝いで見せると、「「「うげ……！」」」と、クラウス達もドン引きで、後ずさる。

「はいはい、そこまでそこまで――」

パンパンと手を叩《たた》いて注目を集めるサラザール。

「……見ての通り、ミカ・キサラギは当ギルド預かりの身ですよ。そのうえでご相談があってクラウスさんを呼んだのよ」

「へ⁉」

なんで俺？　と言わんばかりに自分を指さすクラウス。

「まぁ、正直――またあなたに頼るのはどうかとも思ったんだけどね、ほかに適任はいなさそうだし、見ての通り、当ギルドも大きなダメージを受けていてね」

……え～っと？

「話が見えないんですけど――」

「うふ、うふふふふ……！　とぼけちゃってぇー。……事情を知ってるギルドマスター。そしてこ、、、の私がいるんですもの――呼ばれた見当くらいついているんじゃなくってぇ？」

「見当――だと……？」

凄《すご》みのある笑みを浮かべるミカに、再び顔を引きつらせるクラウス。

ミカとクラウスの接点なんてさほど多くはない。多少の因縁はあれど、呼び出されるほどとも思えないが――……。

……あ、まさか――。


「――ゲイン・カッシュのことよ」


ッ！

その名前に思わず反応するクラウス。なんとなく予想はしていたけど、やはりその件か……。

「……見つけたんですか？」

「ええ、見つけたわ。……正確に言えば、彼の潜伏先がわかったわ」

チラリと振り返れば肩をすくめるミカの姿。

おそらく彼女からのリーク情報だろう。

「…………そのことで俺を？」

いまだにゲインの奴《やつ》が逃亡中なのは腹立たしいが、クラウスが個人的に呼び出されるほどの要件なのだろうか？

捕まえたので、本人かどうかの面通ししてほしいというならまだしも——。

「ええ。一応建て前は、ね。……ちなみに、場所は財団所有の上級の狩場——『空を覆う影の谷』よ」

「空を覆う影の谷って……。あれって確か……」

「ゲインの家が所有してる魔石鉱山よぉ」

クラウスの言葉を継いだのはミカ。

あぁ、聞き覚えのある場所だ。確か、先日の遠征で向かった先に、そんな名前のダンジョンがあったはず。

あの時は、傭兵《ようへい》に「この狩場は閉鎖中だ」と告げられ、その手前で引き返すはめになったけど——。

「または、例のアークワイバーンの故郷《いえ》ってとこよ。……ま、今はもう、無茶苦茶になってるけどぉ」

故郷……って——。

「お、おいおい。アークワイバーンって、あそこから来たのか?!」

衝撃の事実に驚くクラウス。

フィールドからモンスターが出てくること自体珍しいのに、あそこからここまでどれくらいの距離があるというのか！

いや、それよりも――。

「そこまでわかってるなら、なんで――」

アイツのやったことを思えば、即日逮捕は当たり前だとすら思っていたけど、なんで場所までわかってまだ放置してるんだ？

「そうしたいのは山々なんですけどね……。実は、その狩場が先日よりフィールドオーバー中なのよ」

ふぅ、とため息をつくサラザール女史。

「な！」

そ、そこに繋《つな》がるのか……！

「じゃ、じゃあ。もしかして――『空を覆う影の谷』のフィールドオーバーって……」

ずずー。

無言で肯定するように茶を啜るサラザールをみて、顔を覆うクラウス、めまいのする思いだ。

「え？　え？　え？　クラウス、何の話だよ？」

まだわかっていないのはメリムばかり。リズはなんとなくわかったようだが口を挟まないでいるようだ。

「わからねぇのか？　あのアホのゲインが逃亡し、潜伏しているのがそのフィールド、『空を覆う影の谷』だ。……そして、その『空を覆う影の谷』が今、フィールドオーバー中ってことは――」

ことは……。

頬に指をあてしばらく考え込んでいたメリムであったが、

「……ま、まさか、あのアホが何かやらかしたってことかぁぁぁあ⁉」

そうだよ。それ以外に何があるってんだよ。

こんなん偶然なわけねぇだろうが！

「……で、それはわかったけど——俺とメリムにどうしろって？」

「ん？　……そうだよな⁇　確かに——関係なくもないけど、関係ないよな？」

ゲインは、腐っても上級冒険者で、そのフィールドオーバーは、上級の狩場で起こっている事件だ。

そして、クラウス達には、因縁はあれど、中級冒険者でしかない二人にとって、仕事にさしはさむほどの私情でもない——。

「んー。それがそうも言ってられなくてね。アークワイバーンのこともあるし……本当は腕利きを送り込むべきなんだけど、」

はぁ……と、頭を抱えるサラザール。

「ん？」

「んんん？」

思わずメリムと顔を見合わせるクラウス。

……な、な～んか嫌な予感。

「い、いや……。ちょ、ちょっと待ってくださいよ！　何を頼むつもりか知りませんけど——俺、ヤですよ⁈」

「……っていうか、僕も呼ばれてるけど、僕もヤだぞ⁉」

ニコッ。

「「いや、笑ってないで!!」」

「うふふー。まーまー。言ってみればゲインの後始末ってところですぅ？」

お、おいおい……ミカぁ！　「ですぅ？」じゃねーよ。

それこそ憲兵とか衛兵隊の仕事だろ?!

「——それがねぇ、そうもいかないのよ。例のアークワイバーンが出現する可能性も考慮すると半端な戦力では太刀打ちできないでしょうし」

いや、人の話聞けよ!!

つーか、もう出ねぇよ！　あんなのがウジャウジャいてたまるか！

「ふふ～ん、どう思いますぅ？」

「あ?!　どういう意味だよ」

意味深に笑うミカを睨むクラウス。つーか、コイツも同罪だろうが……！

「そりゃぁ、ギルドがためらう理由ですよぉ。んふふ～……。クラウスなら、わっかりますぅ？

……あの子ったら、ど～うしてこんな田舎の町くんだりまで来たのか？」

あの子??

……あー、例のアークワイバーンのことか。

「こんな田舎の町、は余計ですよ」

ずずー。

余裕の表情で茶しばいてるクソババアに話の腰を折られたことに若干イラついた表情のミカ。

「…………ふん。まぁいいです――でぇ、クラウスはどう思いますぅ？」

「ど、どうって――」

「な、なぁ？」

思わず顔を見合わせるクラウスとメリム。

ミカはといえば、クラウスに視線を戻すとまとわりつくような笑みを見せ、ニィ……と口角を吊《つ》り上《あ》げる。

「ところでぇ。クラウスは知ってますぅ？　獣《けだもの》の本能ってやつを」

「は……？　けだもの⁇」

何言ってんのコイツ？

獣……？　けだもの……。ケダモノ――って、それって生物全体のことか⁇

その本能っていや――そりゃー…………。

「食べる……寝る――。あとは、まぁ」

ちらっ。

女性陣ばっかのなか言っていいものだろうかとクラウスが言いよどむ。

生き物の本能――といったら三大欲求のことだろう？

……って！

「ま、まさか……！」

「あらぁ、あらあらあら～気付いたようねぇ……ふふふん、クラウスぅ。――そうよぉ、アンタの見立て通り………生き物の本能はねぇ――喰う、寝る、そして、」

クルクルと指を回して、音もなくメリムに近づくとそのお腹にプスッと指を突き付けて言う。

「う……！」

ぐりぐり

「お、おい、なんだよ!!」

パシンッ！

「は、離せよッ！」

「うふふ、か～わいいの」

……だからわかるでしょ？

よく食べて、よく眠ったら、あとはそう――。

「…………繁殖《性欲》よ」

※　※

「「は、繁殖ぅぅううう?!」」

は、繁殖。

繁殖って、あの――……。

同時に素っ頓狂な声を上げるメリム＆クラウス。

……大丈夫、今回は遮音結界がちゃんと利いているようだ。……って、そんなことよりも――！

「ちょ、え……?」

「は、繁殖って、な、なんの話だよ?」

メリムのもっともな質問。

「はんっ。あいかわらず察しが悪いですねぇー。そ～んなのアークワイバーンのことに決まってるじゃないですか」

は、はぁぁぁぁあ?!!

「あ、あの厄災の芽がぁっぁ?!」「——繁殖だとぉぉぉおおお?!」

思わずハモるメリムとクラウスに対して、ニヤリと不敵に笑うのはミカ・キサラギ。……どうやら、冗談の類いではなさそうだ。

(マ、マジかよ……)

1匹でさえ苦戦したアークワイバーンが繁殖だなんて悪夢以外の何物でもない。

どーりでサラザールが冒険者の派遣を渋るわけだ。

その時、刹那ではあるが、どこか遠くの空で奴の卵が孵《かえ》り、無数のアークワイバーンの子供が天に向かって産声を上げる姿を幻視してクラウスとメリムはブルブルと震える。

——ギィィエェェエエエエエン!!

「む、無理無理……! あんなのが大群だなんて、絶対無理————」

って、まさか!

「お、おいおい、マスター！　俺、絶対嫌ですよ⁉」

「ぼ、僕も嫌だぞ！　あんなの二度と御免だ！」

サラザールが何を考えているかわかってしまったクラウス達が全力で否定する。

……そりゃ、【自動機能《オートモード》】があればアークワイバーン相手なら負け知らずかもしれないが、『自動戦闘』でさえ数時間かけて倒したような化け物だ。

それが繁殖して大群ともなれば、いったいどうなることやら！

「ふふ～ん。さすがのあんたでも、大群は無理みたいねぇー」

うふふふッ。と、体調悪げに土気色の顔で笑うミカ。

「あ、当たり前だろ‼　俺を何だと思ってるんだ‼」

こう見えても中級冒険者だぞッ！

　どやぁ……！

「いや、そこは別に偉そうに言うとこじゃないですけどね」ズズー。

うるせぇ、ババァ――――じろっ！

「ババア？」

「……さ、さーせん」

「ん。わかればよろしい。さて、クラウスさんにメリムさん、そろそろ本題に入りましょうか」

まるで死刑宣告を下す裁判官のように、サラザール女史の鋭い視線が片眼鏡《モノクル》の向こうからクラウス達を射貫《いぬ》く。

「無理」「無理ー」

「最後まで聞きなさい。何も、倒せとかそういう話じゃありませんから」

あ、そうなの？

あからさまにホッとするクラウスとメリム。

しかし、次の瞬間二人は地獄の底に突き落とされる——。

「——代わりと言っては何ですが、クラウスさん達——あなた方に調査を任せたいのよ」

「「……は？」」

あとがき

拝啓、読者の皆様。ＬＡ《ら》軍《ぐん》です。

皆様、まずは本書をお手に取っていただきありがとうございます。

本書で初めての方は初めまして！　ＬＡ軍と申します。

ダメシリーズ４巻でございます。本作はお楽しみいただけたでしょうか？　少しでもお楽しみいただけていれば作者として無上の喜びです。

さて、本シリーズは、私にとっては書籍６作品目の続刊であり、作者としても４巻目を出せたことは、ひとえに応援してくださった皆々様のおかげであると思い、大感謝の気持ちでいっぱいです。今後ともよろしくお願いいたします。

さて、本作品について少し。今回は、クラウスが前巻にて成長を遂げた後の話になります。思いがけず大成長＆大活躍したクラウスですが、当然周囲もそれを放っておくはずもなく——という流れが王道なのでしょうが、良くも悪くもクラウスの周りの人々はマイペースです。それに混乱の最中ということもあり、なにより町が半壊していたため、クラウスの活躍に対するチヤホヤはいったん置いておき、それよりもまずは復興……というのがこの町の人々が選んだ道のようです。もちろん、無視されているわけではなく、ちゃんと感謝はされているようですよ。

そして、本巻の見どころは、なんといっても、ヒロイン（？）のひとりである義妹のリズが、なんと15歳になったということで、スキルを授与される日がやってきます。あのクラウスも受けたやつですねー。作中ではクラウスが受けた描写などはほぼないのですが、クラウスが一度挫折するきっかけとなったスキル授与式です。そして、そんな授与式にリズが臨むことになったのですが、もちろん、クラウスの義妹でヒロイン（？）のひとりである彼女が平凡なはずもなく……。

さて、どんなスキルを得るのかは本編にて確認いただけると幸いです。

そして、【自動機能《オートモード》】の見どころはまだまだ満載です。これからもよろしくお願いします。

また、小説4巻のあとがきは、いったんここまでとして、次の予定について少し。

続刊については、同時発売となる5巻があります！　是非とも、そちらも手に取っていただけると幸いです――よろしくお願いします！

……それでは、本巻ではこのへんで。次のクラウスの活躍はいかほどのものか。こうご期待ッ！　【自動機能《オートモード》】の物語はまだまだ続きますッ！　ぜひとも、今後とも応援のほどよろしくお願いします。最後に、本書を編集してくださった編集者さま、校正の方、出版社さま、そして美麗なイラストで物語に素晴らしい華を与えてくださった潮一《うしおひと》葉《は》先生、本書を取り扱ってくださる書店の方々、そして本書を購入してくださった読者の皆様、誠にありがとうございます。御礼をもってご挨拶とさせてください。本当にありがとうございます！

敬具。

追記。

本作品。コミカライズももちろん大好評発売中です！　そして、コミック版は続刊も続々登場します！
「マガポケ」をはじめ、アプリで見ることもできます！

是非とも、コミカライズとともにお手に取っていただき、クラウスの活躍に流麗なイラストとともに没頭してください。私も絶賛没頭中です！　それでは、次巻とコミックの中でクラウスの活躍をぜひともご覧いただきたく思います！　小説も、コミックともども絶対に損はさせないので、お手に取っていただければ幸いです。

次巻以降でまたお会いしましょう！

読者の皆様に最大限の感謝をこめて。吉日

Kラノベブックス

ダメスキル【自動機能《オートモード》】が覚醒《かくせい》しました4

～あれ、ギルドのスカウトの皆《みな》さん、俺《おれ》を「いらない」って言《い》ってませんでした？

LA《ら》軍《ぐん》

2024年5月29日第1刷発行

発行者	森田浩章
発行所	株式会社 講談社 〒112-8001　東京都文京区音羽2-12-21
電　話	出版　(03)5395-3715 販売　(03)5395-3605 業務　(03)5395-3603
デザイン	モンマ蚕＋吉田有里（ムシカゴグラフィクス）
本文データ制作	講談社デジタル製作
印刷所	株式会社ＫＰＳプロダクツ
製本所	株式会社フォーネット社

KODANSHA

ISBN978-4-06-534720-1　N.D.C.913　306p　19cm
定価はカバーに表示してあります

ファンレター、
作品のご感想を
お待ちしています。

あて先
〒112-8001　東京都文京区音羽2-12-21
(株) 講談社　ライトノベル出版部 気付
「LA軍先生」係
「潮一葉先生」係